自由，可不寂寞。

蔡燦得——著

人文的．健康的．DIY的
腳丫文化

推薦序——說說阿得

文／梁志民（果陀劇場藝術總監）

「這個人聰明、美麗，喜歡寫作、看電影、聽音樂、畫畫、攝影，她的外表看起來像不食人間煙火的仙女，但若你想跟她聊天，可以天文地理無所不談，從網路聊到馬路、從劇場聊到球場。最重要的是，她還是個很虔誠的基督徒……」

如果你在某個徵友網站上看到這樣的文字介紹，你八成會直接略過，心想大概是什麼詐騙集團擺放在那的誘餌，或是某個恐龍妹的自我誇大幻想。但請你相信我，這世界上還真有這樣的美少女（呃……好吧，如果你想自行加上「資深」我也不反對），她不但符合這些文字的所有描述，並且還有許多她在舞台、螢光幕上沒有展現的許許多多才華和思想，這些，你將會在這本書裡慢慢發掘。

舞台前後的阿得，我比較了解，她是最敬業的演員，我常拿她開玩笑，說她年紀輕輕，戲齡可是比我還長。儘管從五歲就開始表演，面對「表演」這件事情，仍一如新人般戰戰兢兢。《淡水小鎮》我們演過數十場，到現在時不時地仍有機會在不同劇場、文化中心、或是鄉鎮的活動中心演出，每場演出前，我還是會看到她手捧著劇本，一字一句地琢磨練習。對表演的熱情和誠懇，讓她成為很多導演眼中最襯職專業的演員。我想，演員這個「職業」，她應該是會當成終身的「事業」，並且持續不斷地自我要求，期待她未來有更多和果陀合作的機會，可以讓我開發她更多不同豐富的面相。

文字上的阿得，那就更加多采多姿了，她經營自己的部落格、臉書已有多年，正在讀這篇文字的你，應該也是她臉書粉絲團裡18,447個（6/24/2010統計）粉絲之一。我們共同的好朋友呂曼茵曾經給她一個封號，稱她是「文字裡的諧星」，雖然阿得本人不太滿意這個封號，朋友們倒是覺得挺貼切的。她的文字不拘格式、不拘題材，想說什麼就說什麼、沒有包袱（但「抖包袱」的功力還算不錯），多半時候很俏皮，可有些時候正經起來也都言之有物。我很少時間在MSN上跟朋友們聊天，但跟阿得手談是很有趣的經驗，常常有時候一個人面對電腦哈哈大笑，可想而知這本書裡應當有更多讓人開懷的文字。她喜歡當文字的「自由客」，那麼就讓我們這些朋友，不管是劇場裡的、網路上的、戲迷後援會的，看一個自由自在飛翔在文字領空的美麗小鳥，用她的才華，書寫出她對這個世界的種種觀察。

願上帝祝福可愛的阿得，這本書賣出超過她粉絲團人數許多，這樣，就有更多人，能夠分享她眼中心底的美好世界。

對了，提醒你，不要再把她的名字寫成「阿德」了，她會翻臉，翻臉的時候就會像有人把我的名字寫成「志明」那樣，謝謝！

推薦序——阿得是這樣的人

文／黃子佼

天生的她是金牛座：所以本性固執，但相對也在各方面都會堅持到底，算是挺有毅力，所以當她說起觀察心得，也變得頗有說服力～

後天的她喜歡孤獨：但慢慢也開始學習配合大家與世界，很矛盾的，竟比我還愛寫臉書留筆，莫非她是假孤獨假文青嗎？但骨子裡，她應是享與想孤獨，也是真文青～

我眼前的她總是很有耐心地聽我抱怨與聽我八卦，然後也分不清楚她是在敷衍我或是真的關心，我越來越分不清楚……但那清脆的聲線與語氣，還是會讓人挖心掏肺，但她卻總是神秘像貓，卻也讓人更想挖掘～

她眼裡的自己自稱是資深美少女，但～這是真的！就在她努力的生活之下，她真的辦到了!!由內而外，以很多各類的認真工作吸收，與對世界的深入觀察，加深自己的內在魅力，引發外在的連動，讓她真的獲得不老傳說!?奇特的是身心皆然～

比起我的快速與囫圇吞棗，她就是早已開始慢活與樂活的人，但她不是最慢的那個，所以她還是有她的累積本事與獨特角度～

對！就是角度！她的文字與拍照角度，讓她魅力四射!!也讓她的圖文創作，就是多了幾分感性與理性的結合，再綜合以上她的特色，你說這書會不好看嗎？

自序——

想要自由，就寫字吧！

文／蔡燦得

從有記憶以來我就是一個很喜歡「字」的人。即使滿滿都是不認識的字，身為小朋友的我，依然會拿起它們，煞有其事的「閱讀」（笑）。這個習慣至今未改，即使手邊沒有任何書報、雜誌，我依然可以就著任何有「字」的廣告單也好、塗鴉也好，反正就是看著它們，就會感到滿足。

喜歡閱讀，因而也愛寫。就像是我喜歡看戲，因此對於演員這個角色也樂此不疲；或像是從小我就聽廣播，以致於長大後擁有自己的廣播節目時，也很如魚得水的樂在其中那般，寫文，對我來說一直是一件十分自然而然的事情。唯一的不同，在於寫作的這件事，比起當一個演員，或是主持人，還要更能全盤掌握自己真正想要表達的。

也就是相對來說，是一件更為自由的事情。

自由，就是本書裡，這些文章一開始會產生的原因之一。

每個人多少都有點流浪因子？就像很多人的願望是能環遊世界一般，總覺得能毫無負擔的到處看、到處走，似乎是一件很棒的事情。

但平心而論，有多少願望為「環遊世界」的人，是真心想去世界上每一個名勝古蹟、或是超級商場玩樂、買東西、拍照……的？大部分的人期待的，還是「環遊世界」所帶給我們那種「自由自在、隨心所欲」的嚮往吧。

對一般還需要為生活、為家庭打拼的我們來說，想要真能「自由自在、隨心所欲」，似乎是一個遙不可及的美麗幻夢。

但，非得要拋下一切去環遊世界，才能擁有這美麗的夢嗎？當我們奔波在工作、家庭、朋友與愛情當中，只要願意，我們還是能在我們所屬的這個城市，找到心所嚮往的那片自在與寧靜。

或許是一場電影、或許是常常經過的那條巷子、或許是某個人、某段生活，也或許可以像我這樣，偷閒找間食店，用一杯咖啡的時間假想自己到了法國、英國、日本……然後用文字記錄下來。

想要自由，就寫字吧！

目次

008 不是過客

080 幸福所在

相遇電影院
136

巷間即景
204

不是過客

其實我記錄下來的人真的好多好多，這裡看見的，只是我生命中記錄下的一小部份。
但是要選擇在這寫下哪些人，卻一點也不困難。
因為他們都是我在第一時間便想到的人，也是一直留在腦中與心中的人。
我很謝謝這些人讓我從他們的生命裡經過，也很謝謝上帝讓我的生命裡擁有他們。

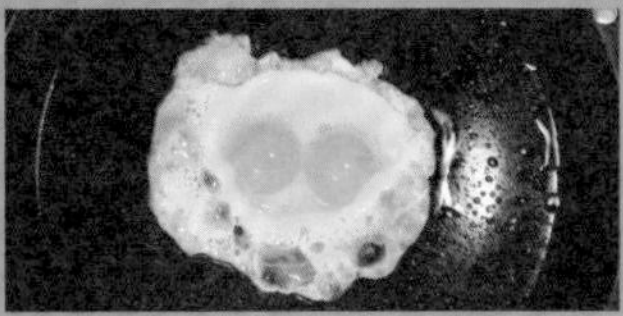

不是過客・01

那個兇巴巴的傢伙

我的爸爸

他皮膚白、眼睛大、眼窩很深、鼻樑很挺，老是有人以為他是混血兒。他英文很厲害，電視看的是美國或英國的新聞、書報讀的是英文版本、電台聽的是ICRT。遇見老外，也可以臉不紅氣不喘的對上好一大段話。他很愛漂亮。永遠都是潔白的襯衫配上發亮的皮鞋，否則絕對不出門。他很在乎禮節。所以講話的開頭一定是「請」，結尾一定是「謝謝」，除此之外還會加上滿臉的微笑與微微的欠身。

與在乎禮節的程度相同的是，他同樣也很喜歡找人吵架。譬如，如果你是計程車司機，卻不照著他指定的道路行駛；如果你是公務人員，卻講了一個讓他聽不清楚的字；如果你是餐廳服務生，卻送上了太軟的飯；如果你是賣水果的，卻說你的水果每一個都甜；如果你是路人，卻按錯我們家門鈴或打錯我家電話；如果你是鄰居，卻進出的朋友很多；如果你是狗，卻叫了。

他的世界沒有所謂合理不合理。只有符合他的理，才是真理。

他喜歡有品德的人，所以他會設下許多小測驗，來證實他的親朋好友們的品德高不高尚。譬如，他會在家裡的角落藏著一些零錢，如果他的孩子撿走了，他便會勃然大怒！因為這代表他的孩子品德不好，會拿走不屬於自己的錢；他的朋友絕對不可以在與他約好的拜訪時間之前，提早到達我們家，因為他覺得「準時」是人生中最重要的事情之一，所以要是朋友提早到了，他會帶著他的家人們假裝剛剛好正有要事得出門，即使他的家人們其實穿的是睡衣、即使他的朋友因此只好打道回府。

他很容易盛怒。只要這個世界有一丁點兒不順他訂下的規矩，他就會怒。譬如，他討厭人家染頭髮，所以他會指著路邊把頭髮染成金黃色的刺青少年們說：「這些流氓，太不像樣了！」；他也討厭路邊攤，所以他會在陪著老婆吃路邊攤的時候，在旁邊大聲的叨念：「這太不衛生了，吃了會生病！」；他覺得他孩子所認識的人都是壞人，所以他會對著他孩子的朋友們說：「不要以為我不知道你們在搞什麼鬼！」

他的老婆覺得他很冷血，常常為此互相不爽。因為他從來不曾對他老婆說過半句貼心的話，就算老婆的手因為要做菜給他吃而不小心被燙到了，他也只會破口大罵：「笨死了！」

他在外的形象與在家人心中的形象天差地別。每一次他的老婆與小孩聽到外面的朋友誇獎他人有多好、多熱心，就會很想翻白眼。因為只有他家人知道他有多冷酷、多自我。

是的。他老婆和小孩都覺得他是一個全天下最自私的人。尤其是這件事：他從來不肯帶著全家人一起坐飛機出國去玩。不管家人如何苦苦哀求。在戒菸以前，他說他無法忍受長時間被關在飛機裡面不能抽菸。在戒菸成功以後，他又說他心臟不舒服無法在空中航行。所以他家人的出國旅遊照，永遠只有媽媽與一個小孩。因為另外一個小孩必須得留在台灣照顧爸爸。這是他規定的。

幾十年來都是這樣。

每一次都是老婆要出國前，必須決定兩個孩子中的其中一個，誰能跟著一起去。必須得留在台灣的那一個孩子，總是會在媽媽出國的當天，臭著臉，和爸爸一起坐車到機場去送媽媽的機。是的，一定要去送機，不管多早或多晚。

幾十年來都是這樣。

這一個家人都不喜歡跟他說話的男人，這一個在家永遠冷著一張臉，非常嚴肅的男人，其實是如此依戀著他的家人。畢竟，這三個女人，他的老婆、兩個女兒，已經是他在這個世界上，僅剩的、唯一的家人。他其他的家人，早就在當年國民政府撤退的時候，也一起從他的生命中撤離了。

他是我爸爸。

小時候非常討厭和他一起到機場送機。因為覺得好丟臉。那時候桃園中正國際機場還只有第一航廈，人過了海關，要走去登機門的路上，還會經過一段玻璃帷幕的透明通道。我爸爸非要在那玻璃帷幕外面，跟著我媽媽一路走，還一路大聲的交代她該注意的事情，搞得好像鄉巴佬，在旁邊跟著的我，都覺得糗極了！

不但如此，我媽媽都走到人影都看不見了，他還不回家，硬是要拉著我在機場內到處閒晃。等飛機起飛的時間到了，他就會拉著我跑到機場外面，看著天空，自

曾在盛怒下踢飛一隻貓的爸爸，現在年紀大了，竟被我的貓緊黏不放，每天都要坐在一起看電視。

己看就算了，還要逼我對著天上的飛機揮手道再見。直到飛機飛出了他的視線範圍，他才會帶著我去乘坐公路局的車子，一路顛簸地回台北。

是的，幾十年來都這樣，而我媽媽從來不知道。就像我也是在好多好多年以後才知道，其實我每一次出國，我爸爸也是這樣在機場外看著天空，目送著我離開他的視線。

也是在這麼多年以後，我才理解他這麼害怕分離的這件事。畢竟在太平盛世裡生活的我們，出國就是工作或遊玩。出國，對我們來說，不過就只是揮揮手道個再見這麼簡單的事情。但他當年也以為他對家人揮揮手道個再見，就真的還會再見。

現在他年紀大了，不太能再度顛簸在高速公路的車途中。但每一次我出國，在飛機上等待起飛時，我都會想像著我爸爸在機場內等待著我的飛機起飛的樣子。當飛機飛離機場的上空，我也會在心裡跟我的爸爸揮揮手，畢竟他那在機場外努力抬頭看著飛機飛離的樣子，是我忘也忘不了的姿態。

這樣的送機，是我看過最浪漫的事情了。

不是過客．02

來，吃水果喔

記錄我親愛的媽媽

每一對母女之間，總是有著某種又愛又恨的情節。

我很愛我媽媽，但我又是那麼的不希望我的未來會像她一樣。

不希望像她一樣為了家庭為了愛而把自己搞得·那麼狼狽。

現在長大了，能夠懂得這是多麼幸福的表現，也讓這篇曾經為了媽媽而寫下的極短篇，因為自己心境的不同，而有了不一樣的讀後感。

現在送給每一個身為女兒的妳。

看完後妳是覺得驚悚或是幸福呢？

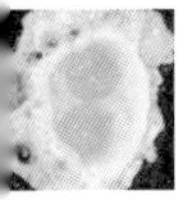

晚飯後，
媽媽又端上去了皮去了子並且也切成小塊小塊的水果。
用保鮮盒裝得好好的，
裝得好好的一盒蘋果、一盒梨、一盒芭樂、一盒水蜜桃，
付上可愛精美小叉。
一盒一盒，水嫩嫩的擺在桌上。

從晚飯後的八點，
一盒盒水嫩嫩的切成小塊小塊的新鮮水果和可愛精美小叉，
就一直原封不動的在桌上擺到晚上十二點。
然後就原封不動的再從桌上被收回到冰箱。
因為妹今天加班還沒回來。
因為反正妹加班回來或許會吃。
因為她自己反正也不太想吃媽切的水果。
因為她討厭媽切水果的樣子。
她是真的討厭媽切水果的樣子。

永遠忙碌不停的媽媽（中）。

媽老是在切水果的時後邊吃邊切，就站在琉理台邊，
也不用叉子，不管什麼水果就用手抓著就吃。
有些汁多的水果像是柳丁之類的，
那汁，就順著媽的手、手臂，這樣一路流。
狼狽。光看就狼狽。連帶著媽切的水果也變得好像很狼狽。
所以她不太敢吃，就覺得髒。

她常在不小心撞見媽又在切水果的時候忍不住大聲問她：
「幹嘛不全部切好，然後坐著慢慢吃啊？」
她不懂為什麼要把吃水果這件事搞得這麼見不得人。
是在偷偷上演著阿信的戲碼嗎？
吃水果這件事見不得人的點到底在哪？不懂不懂不懂不懂不懂不

她一直也沒得到答案。因為她反正也懶得聽媽邊吃著水果邊回答著的是什麼。
狼狽。光聽就狼狽。

然後，然後她也懶得管到底是從哪一天起就不再有這樣的飯後水果了。
因為她反正也不太吃。

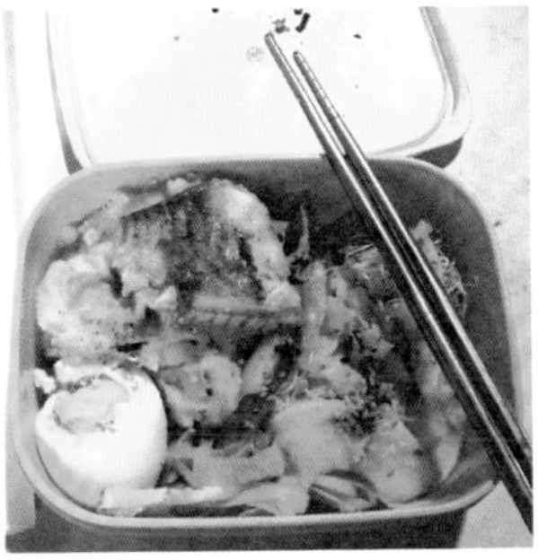
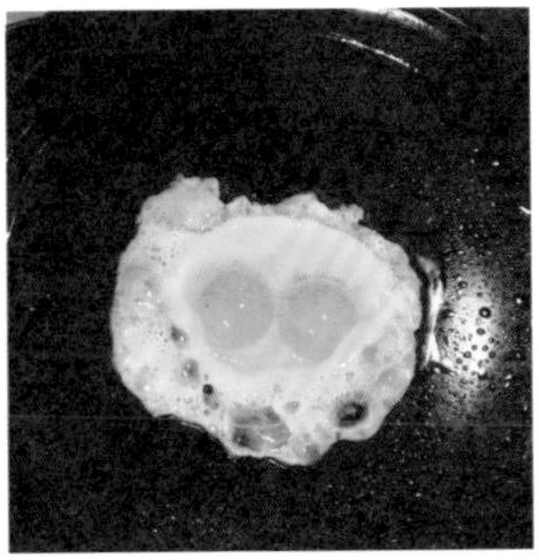

媽媽總會為我準備愛心便當！

然後，然後其實她今天有點趕時間，因為他忙她忙，好幾天都沒見面了。
今天她無論如何要在他下班回到家前趕去幫他好好把家裡整理一番。
他今天一回到家看到家裡乾乾淨淨這麼整齊一定很開心！她這麼想。

然後她掃地、清垃圾、黏毛屑、洗碗、洗衣、洗廁所，天熱。
她想，他才換了新車，幫他省些錢吧。於是她連風扇也不開。
她餵狗、清狗大小便、折衣服、清地毯，天熱，汗流滿頭滿面滿身。
狼狽。看了就狼狽。但她想，他今天一定真的會很開心的！看到家裡這麼整齊啊！
然後，然後她走到巷口那家7—11去買了他常喝的飲料，
然後她先把飲料拿上樓去冰好。
然後她再走到街上的超市買了他喜歡吃的水果，然後她再走上樓去把水果冰好。然後她發現冰箱裡怎麼盡是些過期的食物啊！真可憐忙成這樣，一定要對他好一點。
然後她把冰箱裡的保鮮盒和剛買的水果拿出來，然後她開始切水果。

在廚房忙進又忙出的媽媽，貓咪慵懶地躺在角落陪著。

保鮮盒裡的水果是好幾天前她切好的，竟然都沒吃。真可憐，累到連切好的水果都沒時間吃啊。這蘋果、這芭樂、這芒果、這柳丁……那多！有些已經冰太久都變色了，丟了可惜，太浪費。他才換了新車，省點錢吧。

然後她把變了色的那些挑出來，就著保鮮盒，她把水果們吃掉。她把冰了太久沒人吃的那些水果，就著保鮮盒，站在廚房流理台邊，把它們吃掉。她把那些捨不得丟掉的已經不新鮮的水果吃掉。

沒時間了，等下回家還有好多事要做！她想，動作得快點，還有那麼多水果要切呢！她邊在腦中盤算著她回到家要做的事情，邊把那些已經冰到軟掉的、切好的柳丁，吃掉。

她沒時間去想洗手的問題，她就站在廚房裡的流理台邊，把剩下的水果吃掉。那汁，就順著她的手、手臂，這樣一路流。

一個幸福的遇見

果陀劇場藝術總監・梁志民先生

第一次到果陀劇場的排練室試戲的那天，其實心裡一點也不想真的試上那齣《淡水小鎮》的艾茉莉。

那幹嘛去？不知道。

人總是會經過一些「自己在做什麼都不知道」的階段，那個時候的我，正是處於這種不知其所以然也不想知其所以然的時期。

我還去了兩次。一次試個人的戲，一次試與對手演員搭配的戲。

兩次，果陀劇場的梁志民導演給我的印象就是「面無表情、不動如山」。是個完全無法從他臉上，看出半點滿意或不滿意的蛛絲馬跡的「硬漢」。

慶功宴上開心的梁志民導演。

當時《淡水小鎮》的外拍工作照。在劇本裡提到的真實場景：淡水的長老教會。

後來我得到了《淡水小鎮》艾茉莉的這個角色。開始了跟這位無時無刻面無表情的硬漢工作的時光。從此，我的人生竟然被導向了另外一個我以前完全沒有想過的地方。

並不是說這齣經典好戲讓我的工作生涯多了什麼了不起的履歷，畢竟不斷重演的《淡水小鎮》已經有過許多前輩們精彩的演出。而我在那個時候，其實並不真的那麼懂得《淡水小鎮》的涵意。就能力與演出技巧來說，是完全不及前輩的。

讓我的人生大大轉彎的，是當時一起工作的夥伴們，以及在劇場工作的環境氛圍。真的是讓我大開眼界，進而自慚形穢了起來。首先影響我的，就是梁志民導演。

我曾經在《淡水小鎮》的節目手冊裡的感想文後面，用附註的方式，這樣形容他：「他真的是個神奇的人，全劇十二個角色，男女老少，他演什麼像什麼。並且，只要講一句話，就可以同時讓我懂十件事。」

他在「因材施教」的這件事情上，真的有極了不起的才能。整齣戲那麼多演員，主要就有十二個角色，每一個人，他都可以在最短的時間內，找到與他們溝通的最有效的方式。譬如，有些人就是非得導演先來演一遍，然後照著演才能演對味；但有些演員是必需要能融會貫通一切，才演得出來的。有些人需要罵；有些人又罵不得……

我就是一個一定要真的懂，才有辦法演對的人。常常一整場戲排下來我就是哪裡不對。連我自己都不知道到底哪裡不對，他竟然可以在排了一、兩遍之後，我都還不懂得發問呢，他就用一句話提醒，簡單的解開了我對這場戲的十個「誤會」。

令我驚訝的是，我們的舞台樣貌是他想的、燈光的狀態是他想的、配樂是他想的、服裝的方向是他想的、劇本他寫的、戲，當然，他導的。在排戲的過程中，他對每一個不同的演員所要求的功課，或是教導的過程，甚至是閒聊的過程，涉獵的範圍之廣真是在此一言難盡。

聊運動他很會打球；聊音樂他除了懂古典、歌劇，還很懂流行音樂（後來還做了流行音樂歌舞劇《我要成名》），還會譜寫和聲呢；聊電影更是我說得出口的他都看過，而且有趣的細節都還記得很清楚；聊文學當然就更比不上他隨便開口就是某大文豪的哪本鉅著：他，還是個很會做菜的男人！怎麼會有一個人可以同時懂那麼多事情！這是當時大大打擊到我的。重點是，他也並沒有比我年長多少歲。

打擊到我的還有當時一起工作的夥伴們。每一個人，都能演能歌能舞。並且，還十分敬業。完全沒有遲到早退、或是不背台詞就上場的這種事。

每一個人都會在每一次的彩排前做足功課，以致於每一個人在每一次的彩排，都像是正式演出般精彩。要跟導演討論角色的時候，也絕對不會冒出「我不知道」或是「我還沒想到」這樣的話來。

而我卻以為我的人生已經厲害到足以志得意滿了!?真的是沒看到別的世界不知道自己的蠢。事後回想起來，我都不知道當時的我，到底哪來的自信覺得我可以「志得意滿」了。

在我最自以為是的時期，認識了他，見識到他，是上天又給了我的一個大禮

聽說看見流星的時候只要趕快在衣襟上打一個結
然後許願那個願望就會實現的如果是你要你現在許
一個願你會希望得到什麼如果是我我希望我希望回到
我們最後一次在車上聽音樂的那個晚上那條街道那
個你還有那樣的我們這次我將不會一如以往般的
故作無事微笑道再見我會把那首歌聽完我會讓你
把話說完我會接起你到家之後打來的報平安電
話然後跟你說晚安然後第二天早上我會打電話叫
你起床我會祝你一整天平安快樂我會這樣
好好的照顧你一天一天一天一天
即使我知道她將永遠
存在也沒關係真
的真的
那你呢
如果要你
現在許一
個願你
會希望得到
什麼你的
願望會跟
我一樣嗎
會不會嗎

物。從那個時候開始，我才真正懂得，謙遜。雖然以前的我外表看起來並不驕傲，但內心裡的確是很自以為是的。

後來連續幾年跟他的合作，每一次都讓我有新的體驗。我必須要說，這真的是很幸福的一次遇見。如果當時他沒有讓我參與《淡水小鎮》，現在的我，不知道是在什麼地方，做著什麼樣的事情，成為了什麼樣的人。

這些年，他也大大的改變。至少，不再是無時無刻的面無表情了。現在的他，常常笑得很燦爛呢！

當時的《淡水小鎮》，因為劇情的關係，讓我回想起了小時候曾經許下的心願。那時工作的過程所帶給我的收穫與感動，我寫在《淡水小鎮》的節目手冊中。我希望我能永遠記住這個我差點要忘記、但又在果陀劇場中被找回來的、我曾經許下的願望。

劇中很重要的一個台詞，是「聽說流星劃過天際的時候，只要趕快在衣襟上打一個結，然後許願，這個願望很快就會實現的。」而我說，比等待流星更重要的事，是記得自己的願望。如果只能許下一個願望，你的願望是什麼呢？

戲尚未開場，在國父紀念館裝台中。

當時我為《淡水小鎮》節目手冊寫的內容

聽說看見流星的時候，
只要趕快在衣襟上打一個結，
然後許願，
這個願望就會實現的。

15歲的時候，
我許下了一個至今未變的願望，
那就是：「我要當一個徹底的平凡人！」

我不要當大明星，
我不要你們捧著，
我不要華衣美食，
我不要賺很多錢，
我要用這些，
來交換一個純粹的靈魂，
我要好好的用我的感受，
紀錄生命中的一切經過。

我以為平凡的日子多麼簡單，
直到遇見《淡水小鎮》，
才發現，
平凡，
竟是門如此重的功課。

淡水小鎮中死後的艾茉莉，
得到一個可以重回人世間再看一次的機會，
於是她選擇了一個她認為非常平凡的日子。

那如果是我呢？
我有什麼平凡的日子可以選？
我一直認真的在做選擇，
可是沒有。
我找不到。
那些已經過去的日子，
每一段回想起來都令我情緒激動。
那麼，
我那些平凡的日子們呢？
都到哪裡去了？

排戲排到愈後面，
劇本讀得愈多次，
我愈是漸漸發現：
或許是每個日子都平凡，
於是每個日子都不平凡了。

然後我想到我十五歲時許下的願望：
「我要當一個徹底的平凡人」
我的願望是不是早就已經實現了呢？
我不知道。
時間過得太快了，
我看不清楚。
或許我的願望在還沒許下時就已實現，
而我卻一直在等待著流星劃過天際時。

終場・不是終場

謝謝王小棣老師

從十三歲演出王小棣老師的電視劇《全家福》開始，一連好幾年我都只參與由她製作與導演的戲劇的演出。

她與當時還叫做「民心影視」的大家，對我來說，就像第二個家一樣。好像有些人曾經住過校那般的記憶，民心影視，就像是我人生當中，所謂「住校」的日子。而王小棣老師，就是我們那亦師亦友、亦父亦母的老師。

雖然我五歲就開始演戲、拍廣告，但真正學習「如何當一個演員」的基本功，全是由這個老師教導的。可是也就如上學那樣，學期滿了，總有分離的一天。不管這個學生到底學會幾成。

自從離開王老師的製作團隊後，自己打天下的日子，我總是帶著玩樂的心。從來沒想過要如何在這個行業中努力讓自己更進步。日子久了，也就疲了。當發現自己的不足，卻也已經沒有力量去讓自己好好的正視這個問題。

某年冬天，從來不曾打電話和老師哈拉打屁的我，接到了老師的電話。她約我在民生東路的Starbucks聊天。就我以前和她拍戲的記憶，知道這「聊天」的意思，肯定是哪裡有什麼狀況被她看透。

果然。那個夜裡我們談了許久。正確應該是她向我說了許多。苦口婆心的。離開的時候我上了自己的車，連發動的力氣都沒有了。是被人把我努力多年的武裝表面瞬間抽去了一般，赤裸裸的不知所措。

這麼些年，我連逢年過節都不會去向老師問安拜年，就是害怕她多問些什麼，或是多關心些什麼。因為自己實在不夠好呀！真有種「愧對師父教導」的情緒在。本來以為她早就不把我放在心上，沒想到她竟然都默默看在眼裡。

又是一個好多年過去。自己在許多經歷之後終於沈澱成了一個很讓自己喜歡的自己。那天，果陀劇場二十年大戲《針鋒對決》宣佈加演，我打了電話給她，邀請她來看。這是我將近二十年來，第一次主動邀請她來看我的表演。她電話沒開機，

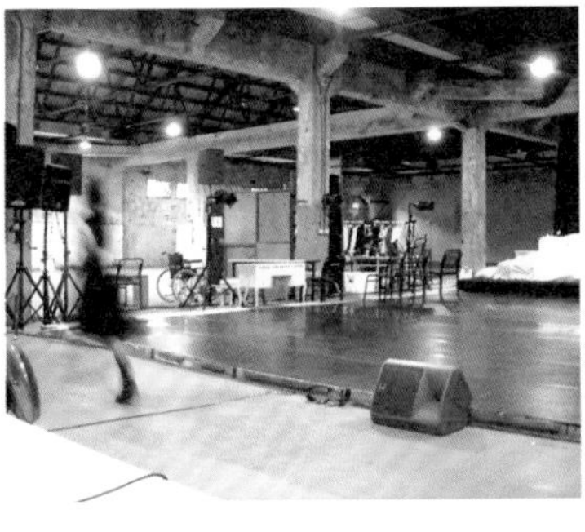

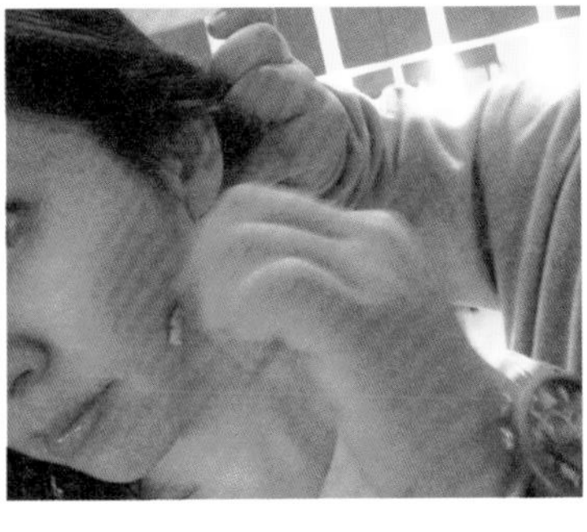

右：《針鋒對決》在華山藝文區排練場。
左：戴上麥克風，就準備進入「舞台劇演員」模式了。。

原來她不在國內。

我留了話，也發了簡訊。把時間場次清楚的交代，然後我把這件事情的後續連絡交給我公司，我就負責專心表演。我都不知道她到底來或不來。

結果就這樣，《針鋒對決》即將上演最後一場的表演。我以為她應該不會來了。就在最後一場開演前五分鐘，我接到了她的電話……於是當時我寫下《終場．不是終場》這篇文。

寫給王小棣老師的信《終場．不是終場》

在台北的最後一場演出前五分鐘，
手機來電顯示名稱是王小棣老師。
不管怎樣我都一定要跟她講到話。

五分鐘，
她說著，
沈浸的。
演出即將開始的廣播隨即在城市舞台的空氣中響起。

五分鐘，
我聽著，
安靜的。
我們皆專心在屬於我們倆人的時空記憶中。

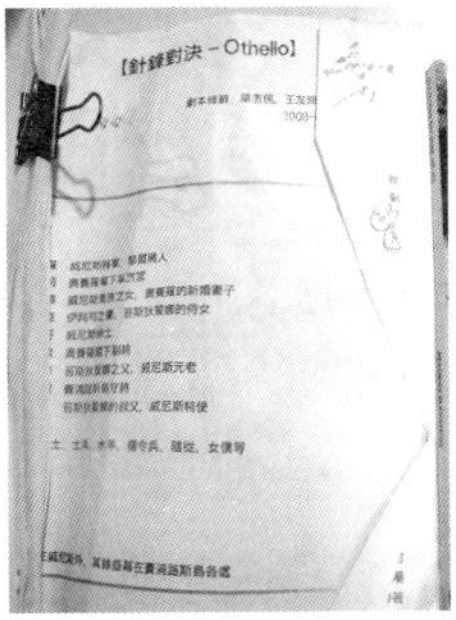

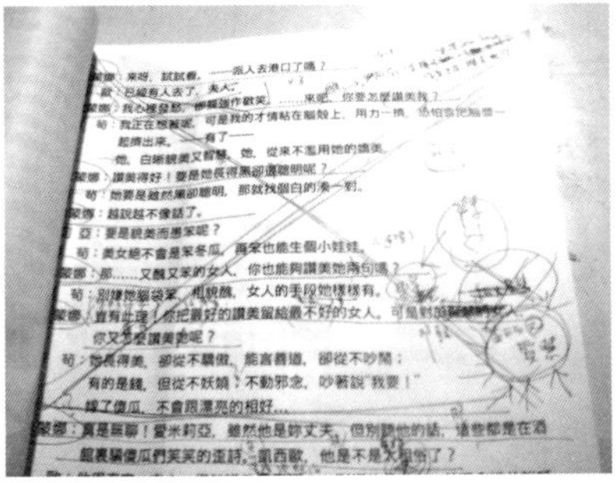

《針鋒對決》我的劇本。筆記好多啊！

「昨天我坐在台下，想著以前的那個妳……
我曾經不斷跟妳說要妳講話咬字要清楚，現在全不是問題了……」
五分鐘的通話，
除了應答的助詞我說不了其他任何別的。
我的安靜是因為要忍住就要奪眶的感動。

老師，我在台上演著，
想著的也是和妳坐在台下時想著的一樣的事情啊。
這二十年來，每一次的演出，
我想著的都是妳當時的話。

我也一直都還記著，
幾年前我臨去上海時的那個夜晚，
妳看了我演出的《黑夜藍天》後，
迫切的約我出來聊聊的那些說話。
那不單單只是聽教的尷尬而已，
還伴隨著某種讓妳失望的懊悔。

每天陪我演出的我的小物。

妳拿了其中一個走路的長鏡頭，
問了我很多很多很多我回答不出來的問題。
這使我在踏出那間民生東路旁的星巴客後，
獨自在車上坐了很久　很久　很久。
然後，我開始蒐集以及尋找那些問題的答案。
然後，用了很多時間很多勇氣很多挫折失敗。
然後，我漸漸理出一些什麼懂得了一些什麼。
然後，我才有勇氣在那個下午向妳提出邀約。
因為，我要讓妳知道妳並沒有白教一個學生。
妳對我所說出的每一個字都沒有白講。

一月十八日下午兩點三十分，果陀劇場《針鋒對決》最後一場的演出，
站在翼幕旁準備幕起，我心滿是感謝與激動。

每一個人的生命都不單是成就自己，
每一個人也不是單靠自己成就今天。
謝謝妳，王老師。

原因不明

再次聽到盧昌明導演卻是他的永遠離開

原因不明。

為什麼會突然在一個睡到中午的星期六莫名的在網路上進到記錄著「盧導去世」這四個字的網誌現在回想起真是原因不明。

以及世上「盧導」這樣多為什麼我會在第一時間就認定了這很可能正是我的那位盧導進而在搜尋中得到證實真是原因不明。

我一向不注意任何國內影劇新聞，原來他的離世早已在前日見了報。

各網誌紛紛致上哀悼文，想必都是與我同世代以及受他薰陶頗深，

連表達哀傷的方式都是那麼的意識形態。

沒有任何一個朋友在報上得知這個消息之後告訴我這個消息，
我想是沒有任何一個朋友可以馬上即刻的把我和他連在一起。
除了那支距今二十年的斯迪麥口香糖系列廣告《橘色司迪麥》。
但其實我第一支單曲的MV正也是他執導那歌好像叫做《痴》。

拍攝廣告那時的我，
是連一個廢字都不願多說的女生，
是一個廢表情都不願假裝的女生。
我記得那個暗暗的攝影棚，
那些白白昂貴的陶瓷娃娃，
那條為了要剪掉的假辮子，
那隻貓。
（有貓嗎？這我倒是不太記得了。或許當時我抱著的嗎？）

還有拍MV的那天，
我依然是一個廢字都不願說的女生，

但是已經懂得把不得不做的廢表情轉換成《笑》。
（如果《》裡的字在我的文裡通常是一部作品的名字，
那麼我的確是這麼選擇如此表達我生命裡的這個表情。）

《笑》。數以無數記的《笑》。但是拍MV的那天，我得到了一個真正發自內心的笑。

那時候唱片公司希望導演捕捉我少女的笑吧我想，
所以真也是個原因不明那盧導一直想辦法逗笑我。
雖然我的的確確是非常配合的一直想辦法逗笑我。
拍到一半，
拿來當作道具的傳真機竟然傳來一張寫著字的紙。
拍攝中導演要我去撕下來看看那紙上寫的是什麼。

我去拿來，
照他指示的念出來。
最後看到傳真的署名我愣住。
署名是，

庾澄慶。

那是我多愛多愛多愛的偶像！
我教室的課桌上壓著全是他的照片。
我還會守在電視前把他出現的每一個畫面用錄影帶錄下來的這麼愛！

手握這張手寫傳真的我不斷地問著：「真的假的？這是真的假的？」
只見盧導賊賊地笑。
然後我都快哭了自言自語：「怎麼可能？這怎麼可能？」
盧導依然賊賊地笑。

那張傳真的後續是怎樣我一點也不記得，
但是我記得那個真實的欣喜萬分以及感動的真實的笑。

記得一個清楚而真實的時刻，
是多麼珍貴的禮物。
人的一生有這麼多這麼多的片刻，
這麼多這麼多的情緒，

真真假假。
而這個情緒我記了二十年卻猶如昨日。

因為他，
我的青春歲月都在聽著《熱戀傷痕》。
但我是偷偷地，
沒給他知道的。

我不習慣太刻意的事情，
我聽是因為我真的喜歡。
與我是不是認識他無關。

真的很巧，
前天我才為一個雜誌的專訪而讓我想到「影響我最深的人」這個問題。
我當時在心裡列了三個名單。
按時序來說，
一是盧昌明導演，
二是王小棣老師，

三是梁志民先生。

盧導的作品影響了我對流行音樂、影像、文字的品味。
如果說我在事業上曾經做了怎樣的取捨，
絕對絕對是緣起於此。

謝謝你。

為什麼會突然在一個睡到中午的星期六莫名的在網路上進到記錄著「盧導去世」這
四個字的網誌現在回想起真是原因不明。

原因不明很好，
很符合他作品的謎樣。

不見不散

我好愛的硬幫幫的幫友們

那是一個冬天裡的寒流夜。天氣都已經冷到夠讓人想罵髒話了，還下著比毛毛雨還要更毛的雨，搞得我煩躁不堪。讓我煩躁的，除了冷和雨，還有這個約。

一大群好朋友當中的兩個女生，在年前很巧的一前一後，被各自的公司外派到北京與上海長駐。當時大家好依依不捨，擔心會因為距離而要漸漸疏遠了……結果，在好幾ㄊㄨㄚ又哭又笑的送別聚之後，因為要過農曆年，她們又同時放假回台。

回來了，就理所當然的要「歡聚」，但我已經連續忙了好幾個月，盼這個難得的農曆年假已經盼了好久好久。我過年前的新年新希望之一，就是希望年假可以整個禮拜都宅在家不要出門！卻偏偏有一大堆親戚飯得吃之外，各方友人也都紛紛回台過新年，搞得我的「宅」一直不斷的被各餐聚打斷。

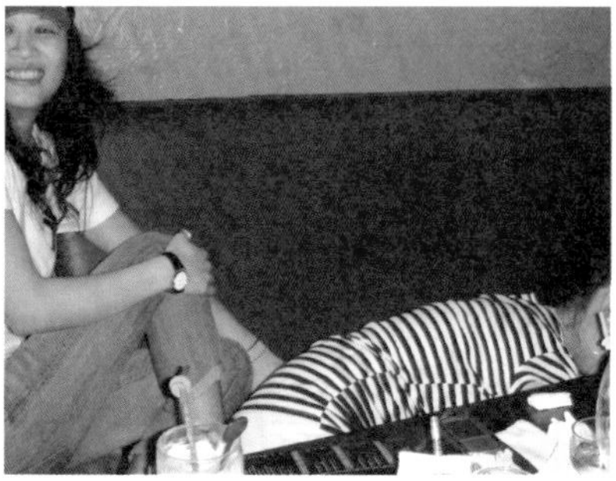

每聚都瘋狂的硬幫聚。

這群今晚硬要約「歡聚」的朋友，是我十分親密的友人。就是俗稱「像家人一般的好朋友」，是絕不會來客套這招的。也就因為這樣，我老早就實話實說的告訴大家：「我想休息，不想出門」，但這麼一說了之後，反而問題一大堆！大家排山倒海的：

＊「就只要一個晚上唱歌啊！妳其他天都可以在家宅啊！」
但是我並不只有這一個約啊！我還要陪我馬來西亞的阿姨、我大陸的表姊、我妹的婆家、我爸媽……大家都要約吃飯！

＊「厚！妳就陪他們，就不陪我們！」
啊不就一個禮拜前才見了？

＊「話不是這麼說啊！那她們這次再回大陸，什麼時候還能再見也不知道啊。」
但是他們是逢年過節才會聚一次的啊！而我們不是常常都在見面了……

＊「妳反正都那麼多飯要吃了，也不差這麼一個晚上吧？」
當然差啊！這已經是我僅剩的一個可以不出門的晚上了！

＊「我們也有事啊，大家還不是抽空來。不來就不夠朋友啦！」
這話就整個惹怒我了。
我不去就不夠朋友，那你們逼我就夠朋友？

＊「我們等妳，不見不散。」

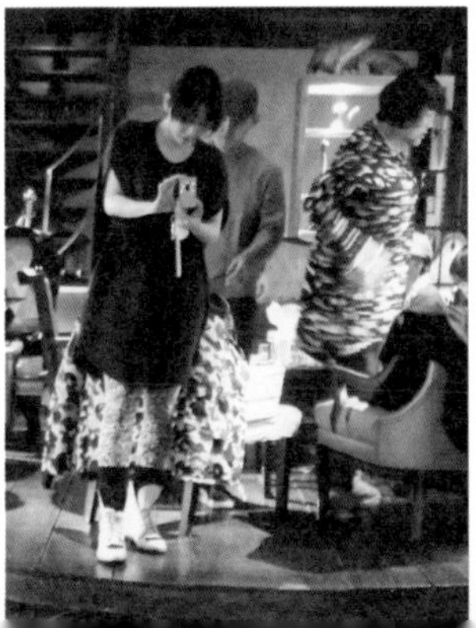
硬幫幫的幫友之二，黃子佼，（中後）、艾樂芬（右），我正在對鏡自拍。

這是壓垮駱駝的最後一根稻草，我這隻駱駝整個就大怒了！

好啊，我去，但是別想我笑給你們看！我這個人最討厭被「關係」綁架了，並且我的邏輯是：就因為是自己人才不應該這樣相逼吧！總之最後，這個晚上我正是要去赴這個讓我超級煩躁的約。現在煩躁的點已經不是「我真的很想宅在家裡」的這件事情了，而是「你們為什麼要這樣強人所難」的這個點。而且已經不是生氣了，而是委屈。

所以在雨中匆匆跳上計程車後，我便一路臭臉望著窗外的雨，對司機大哥的攀談我一點也無法和善以待，只能說他在農曆年假期間載到了我這個氣沖沖的女客人，還真有點……

他開始自己講起電話來。從擴音的對話中我聽見他被邀約去跳舞。這整個引起我的興趣了。因為他們是要去西門町的某家舞廳跳國標舞！

「你要去跳國標舞喔？我也在學國標舞耶！」我忍不住忘記了我的臭臉，加入了國標舞的討論。原來他是某個國標舞社團的會員之一，這個社團據他說團員光是北部就有五六百人，年齡從二十八、九歲，一直到六、七十歲都有。會員來自各行各業，但限單身者。就大家去固定的幾間舞廳跳跳舞，交交朋友之類的。所以今天晚上，他大概載完我，就會直接去跳舞了。「妳不要看我已經快六十歲了，我可是很有名的扭扭舞王子喔！」在等待紅燈的時候，他興奮地手舞了起來。

「可是今天是大年初一耶，你不跟家人一起過喔？現在吃飯時間還出來跑工作，跑完還要去跳舞!?」每次農曆過年我都非得每個晚餐都要陪伴爸媽一起吃的我，總覺得農曆年就是要和家人相聚啊！

「我太太十幾年前去世之後我就沒家人啦！哈哈哈……」他繼續開朗的音調與笑容說著：「我都一個人住了十幾年囉！但是我有很多朋友，我們跳舞的朋友們每一個人都是這樣啊，都是一個人啊，有事沒事就聚在一起，今天就是要去跟他們一起邊跳舞邊過新年啊！哈哈哈……」

他繼續著他開朗的音調與笑容……

一個轉彎，我今晚的目的地星聚點KTV到了。付錢的時候他繼續投入在他的扭扭舞話題中，這下子除了手舞之外，連足都要蹈了！他竟然要求我多等個幾分鐘，讓他在路邊跳給我看，證明他真的是扭扭舞王子！

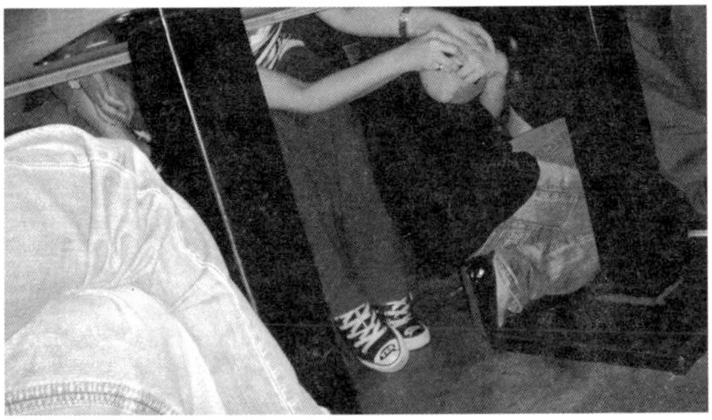

大家又在幫聚上打成一團。

我笑得很開心，但是我沒有給他這個幾分鐘的時間。因為我突然很期待這個原本讓我很煩燥的約，我迫不及待的想要看到我那群好朋友。

那群我們早就約好老年要一起互推輪椅互相餵食的，像家人一樣的好朋友。那群永遠可以說真話，永遠不需要客套的好朋友。那群怎麼樣我都會很開心與珍惜的好朋友。

硬幫幫，我很愛你們的喲！

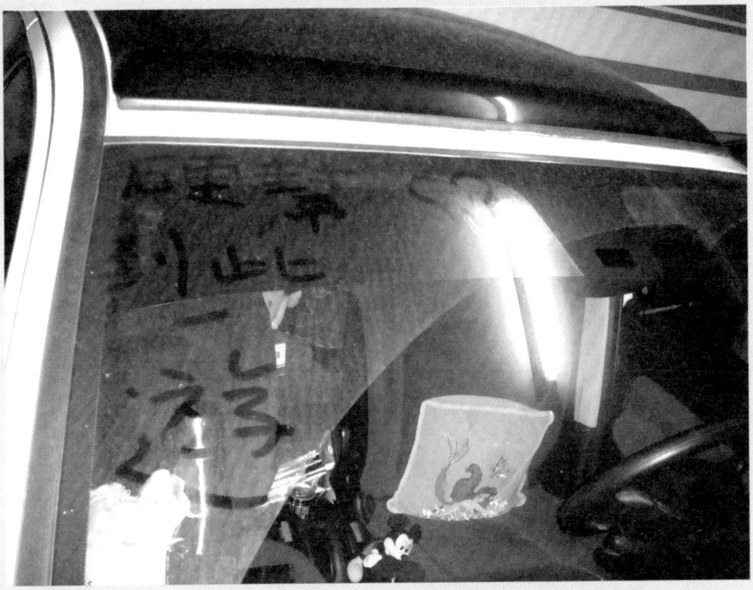

曾經有一陣子，我在華山藝文中心排演果陀劇場的舞台劇。每天晚上都要排，一連排了將近兩個月。結果就是幫友下班後有空可以聚的時候我都得排戲，完全無法加入。

有一次，幫友之一，Levi's的一姊~愛瑪剛好選中在華山藝文中心辦年度大秀，趴踢當晚，幫友們照例的都到齊參加。本來以為可以趁我休息的時候至少見上一面的，竟然我當天連放飯都沒放！

眼看隔壁建築物裡歡聲雷動的趴踢，而我親愛的幫友就在隔壁，我卻依然見不著面，老實說還真是令人沮喪。

當天我收工的時候，已經很晚了。晚到連華山藝文中心的停車場的車幾乎都走完了。我向停車場中央孤零零的我的車走去時，看到了車窗上，硬幫幫的幫友們寫下的字：硬幫幫到此一遊。

當下我開心地一個人在空蕩的車場裡傻笑不止拚命拍照。然後好幾天不洗車。

不是過客・06

誤解。誤解？

令人尊敬的前輩・李立群

只要願意留心，生命中常常都會出現貴人。這貴人的「出現」，需要的是自己的「發現」，這並不見得是一種實質上的進帳或是提攜，有時候一種觀念的開通，這當中所得到的好處，遠比這些肉眼看得見的要多得更多。

譬如與李立群大哥的再次合作，便是如此。

其實比起其他的藝人來說，我算是很常與他在同一個劇組中合作的。五歲的時候，我們就一起演了一部電影。他演一個只穿著睡褲卻忘記帶鑰匙就跑出門的大叔，五歲的我演的是他的鄰居，他跑到我家來要借路過，那部電影叫做《光陰的故事》。

後來在楊佩佩的《笑傲江湖》也對上了戲，只是故事線很不同，遇到的時間非

排練場偷拍立群哥（左後）。

常的少，更別說要跟他聊天、偷挖他的經驗與技巧了！

後來在二〇〇八年中，有幸參與了果陀劇場的二十週年大作《針鋒對決——奧賽羅》的演出。我演的是劇中奧賽羅將軍的太太。在戲中和金士傑老師分別負責善與惡的代表。

從開排的前兩個月就被找去讀了一下初步修辭過後的劇本，一直到加演場次二〇〇九年一月底結束為止總共是九個月時間。這當中在劇本修辭與呈現的創作過程我算是一路旁觀到底。

旁觀著這由莎士比亞在幾百年前的大作，如何被台灣的一群學者與導演和演員們，一個字一個字的修成了最後演出的樣貌。我唯一幫得上忙的地方，就是在戲宣傳期的時候，盡力的把這齣戲推廣給更多的人知道。不只是我一個人在宣傳期這樣忙碌著，整個果陀劇場的大家都拚了命的宣傳。不管是網路上面EDM的轉寄、各大書局幾乎貼滿的大海報、捷運站內如人般高的大看板、電視、雜誌、報紙、各廣播，連新聞台的時段以及電視廣告都上了。

宣傳的重點就只有一個：「這是莎士比亞的四大悲劇之一《奧賽羅》的劇本，

經由導演與國內學者和演員金士傑、李立群修辭，把台詞修成沒看過莎翁劇本的台灣民眾也可看懂的戲。連宣傳台詞都是：「《奧賽羅》，一場善與惡的對決。」

就這麼簡單的一個宣傳點，這樣大肆宣傳了好幾個月，但我們還是可以在都已經演完十幾個場次之後，看見部落格上有人毫不留情的瘋狂批評與開罵，罵的點很巧也只有一個，都是類似：「什麼嘛，根本就是莎翁的《奧賽羅》嘛。爛死了，我還以為改成現代劇。」（我們各文案都寫了《奧賽羅》三個字呢。各廣播都說了《奧賽羅》三個字呢。連新聞台的廣告都狂播《奧賽羅》三個字呢。連……哎。）

批評的點也很巧的大概都是：「劇名取得真爛，主角們根本就沒有針鋒相對啊。害我以為是那種很刺激的對決。」（孩子，我們的片名根本不是《針鋒相對》啊。而且我們不是說了是「善與惡」的「對決」嗎？）

請問我們開演前是沒說沒做宣傳嗎？宣傳都做成這樣了難道我們得上你家按門鈴親自對你說一聲？

這還只是最初步的被誤解。更妙的事情還在後頭呢哈。就在我們已經開始巡迴演出後的某天，有人看見部落格上有人大罵：「搞什麼嘛，看到李立群和金士傑兩個人《針鋒對決》害我以為是相聲表演呢。原來是莎士比亞的悲劇，爛死了。」

到此，劇團的大家已經完全看開了。除了用大笑來面對實在找不出更適當的情緒來表達。人們很容易陷在一種「自以為是」的觀點來看事情。當然人之常情。但若以這種自以為是公然的批評與謾罵世界，只會讓知情的人察覺到你的愚蠢無知與可笑。

換做是我，要花錢花時間去看一齣表演，之前我一定會至少要稍微知道一下劇情吧。這難道不是身為一個觀眾應該對自己負的基本責任嗎？什麼都不做，最後的結果「跟自己想像的不一樣」，然後就上網去公開的罵對方「對不起你的想像」？

這樣的事情總是不斷的發生在我的工作領域中。

譬如這次的四段式電影《愛到底》也是如此。這次的電影我參與的是其中的第四段的編劇。第四段的導演是黃子佼。他多年來的固定的工作，就是在飛碟電台當主持人。節目除了星期日之外每天都有。以致於從決定接下電影導演的工作後，他常常都會在他的電台節目中講到這部電影的相關創作。

排練場偷拍金老師（右）

再加上電影公司在完成影片拍攝後的大力宣傳。同樣也是可以上宣傳的地方都上了應該的宣傳。報紙各版面、雜誌、各通路貼海報、廣播、電視廣告，更別說是電視的各娛樂節目了以及基本的網路上的宣傳。宣傳重點也同樣是一個：「四個導演，四個創作，四段不同的愛情故事。」好了吧，電影終於上映了啊，罵得最多的一點就是：「什麼嘛，原來是四個故事，根本就是四個短片嘛。爛死了。」……這，是說我們沒去你家按門鈴親自跟你說一聲又是我們不對的意思。

這個現象其實由來已久。不知道從哪一個時候開始，人們已經過著不需要對自己負責的生活。有一族群的確都在靠著責怪別人來過日子。凡事，都是別人的錯。

所以每當有人問我，為何電影或戲劇評論都寫好的？

第一，我沒有都寫「好的」，我只是不用負面批評的字眼。

第二，真的不喜歡的我連寫都不寫。

不只藝術評論我抱著這樣的態度，任何事情的公開發表我都是這樣。

除了因為身為創作者的我長期來深受自以為是的評論之擾，（演員也是創作的一部份）我更是不願憑著自身的一些「自以為是」的有料在公開評論後再被知情者嘲笑。

對我來說，我比較喜歡自己對自己的人生負責，大過用自以為是的態度去責怪別人。

我很感謝李立群大哥在這類議題上對我的「開示」（哈），他說，身為演員（後來我泛指所有的創作者），總是必須忍受被誤解的苦。（沒錯，不能要求全世界的人懂你的創作初衷）但是往另一面去想，別人對你的誇讚何嘗又不是更大的誤解呢？

這個觀念的開通，讓我整個人豁然開朗，也更謙遜。的確，有許多人對我的讚美其實言過其實了！這只有我自己知道的「誤解」，卻常常興高采烈的接受了、而我卻只計較別人誤解之後得到的負評的部份。這實在太過不公平，是對自己的不公平！

以上，與各創作人共勉之。

不是過客・07

溫開水
hc裡的溫水阿姨

今天還是一樣，一坐下沒多久，
那位阿姨就帶著羞澀的笑容，悄悄地飄過來，
溫柔又善解人意地拋下一句用句點做結束的「問句」：
「還是老樣子吧。」
不等我發話，她就又飄走。
並且一如往常的在下一次她再度飄走的時候，
留給我一杯溫開水。
是真的很紮實的那種溫開水。
如果說這世上有所謂「溫開水界中的模範生」這種東西的話
那麼這位阿姨所調出來的溫開水毋庸置疑的是一定會當選的，
當之無愧啊！
就是這麼好的一杯溫開水。

我的冰咖啡。

不過那不是我要的。

我從來都沒有跟她要過溫開水啊！
沒有。真的。絕對沒有。
因為對我來說，
溫開水真是世界上排名前幾名最令人作嘔的東西。
我從來都不會餵自己半口溫開水，
更何況是來這裡弄頭髮的時候？
我到哪都是喝冰拿鐵。
即使有人說那是不懂咖啡的人才幹的事。
而且hc（註）裡的冰咖啡也有那麼點拿鐵的味道，
邊做頭髮邊看書邊喝著類似拿鐵的冰咖啡，真也是種享受。
從我開始只到這來找Cora幫我弄頭髮之後的這幾年我都是如此沒變過，
倒是hc裡頭的服務阿姨老是換，
不過倒也都是羞澀溫和的好阿姨，不多話的那種。
見誰都只會羞澀地笑，然後問你需要喝些什麼，
不管冷熱咖啡、紅茶、奶茶、烏龍茶、綠茶、各種溫度的開水，都有。

養成喝溫開水的習慣之後，我開始帶著熱水瓶或熱水杯出外工作。我的爸爸總是會堅持幫我在壺身或瓶身上寫上我的名字。當時還在ET fm東森聯播網主持節目的時候，我那「天下第一杯」可是被大家羨慕與嘲笑的對象呢。

甚至還可以幫你調配一杯特製的鴛鴦奶茶！
並且會注意你杯子裡的飲料是不是冷掉了？是不是放太久了？
隨時會貼心地再為你送一杯新的上來，
從來不用你開口，就是那麼貼心。

所以那不知到底是哪一天，
我得到了第一杯這位阿姨口中的「老樣子」的時候，
雖然尷尬，但也不忍說破，
只記得那天在整個吹頭髮的過程中，
我都無法專心的把我手中捧著的那本書裡的文字讀進腦子裡，
因為我一直在擔心著到底該怎樣去處理那杯詭異的「老樣子」……
不想浪費水又不想傷害她的心意的我，
最後當然還是選擇閉著氣一口把它喝掉。
還好沒吐，當時我想。
「她真愛喝溫開水啊！」當時阿姨一定這樣想。
大概是我一口氣吞下溫開水的樣子太令她感動，
於是我在hc裡的人生，
從那天起就這樣閉著氣的吞下了一杯又一杯的「老樣子」。

不過我真的沒有一次是生著氣的，
反而當阿姨每次飄過來拋下那句「還是老樣子吧」的時候，
我都有一種莫名的優越感，
嘿！怎樣，我可是老顧客了呢！
我在心裡對隔壁座位上的客人炫耀著。
雖然那不是我的「老樣子」，
但每次喝，每次心都暖暖的。
就是這麼好的一杯溫開水。

就這麼好些日子們過去。
現在的我竟然變成了一個好愛喝溫開水的人～
我現在可是每天每天一起床，都要先吞下一大杯溫開水的喔！
後來看報導，才知道這竟然是長壽與健康的秘訣之一。
所以，阿姨，
如果我當真因此活到變成人瑞，在接受媒體訪問的時候，
我一定不會忘記妳的喔！（人生處處有恩人啊！）

註：「hc」是hair culture的縮寫，為一家知名髮廊。

關於影響這件事

那個喜歡我文字的女孩

那陣子我到哪去都捧著李立群大哥的著作《演員的庫藏記憶》。因為馬上要和他合作，總是想要先了解一下他這個人的思考邏輯以及工作觀點。尤其這本書還是他親筆寫的。

那天我躺在Eros髮廊的洗頭椅上，髮型設計師助理洗著洗著，忍不住似的就開了口。

她：「這本書好看嗎？」

我：「嗯……有很多觀點影響我蠻大的喔。」

她：「是喔？」

真的真的，不是場面話。

非常喜歡拍馬路上的蟲子們。

譬如他在裡面一篇名為《演員要怎麼幹一輩子》裡，提到的所謂「身為演員的放鬆」這題目，的確正是我這麼多年下來還不太能抓得住的功課。還有他形容關於喜劇演員的厲害之處，與喜劇表演對於演員的重要，也讓我看得深深思考自身的問題起來。演員，真是很有意思的工作啊！其中的奧妙與該做的功課真是一輩子都探究不完的。

她接著對我說：「我也好喜歡看妳的書喔。」

老是覺得這是客套話的我，最愛戳破客套話：「妳才幾歲？我出的書是幾百年前啦？妳現在還買得到嗎？」

是啊，她明明看起來頂多十七、八。而我出上一本書都不知道是幾年前的事情了。連出版社都解散了呢。

她：「真的真的，我以前唸書的時候看的啊！」

她繼續：「影響我很大耶。」

我出的兩本書前後間隔了四年，兩本都是圖文書，短文，畫與書寫心情。這種書最好是能影響誰什麼呀。我這樣暗自笑著。當時我純粹抒發心情罷了！

她：「尤其是妳書裡面寫『每呼吸一次生命就更走向終點一步』，然後妳好像寫：『呼吸究竟是幫我們活下去？還是幫助我們死亡？』我現在常常都在想這件事耶。」

躺在洗頭椅上，我整個差點呼不過氣來。

她繼續：「妳的書我真的好喜歡喔，妳什麼時候還要出書？」

天哪。

當我閱讀著李立群大哥這本真正探討人生，與探討演員這門功課的書，正開心與感謝著作者對我人生正面的影響時，這位小妹妹，在她人生那麼重要的階段，竟然，被我那隨筆的胡思亂想與胡言亂語搞到每天也在那思考這種亂七八糟的事情。

她：「所以我說妳的書對我影響很大，我真的沒有騙妳！」

死在慢字上的蟑螂。

喔，親愛的小妹妹，我知道妳沒騙我了。妳把我的字句真是記得十分完整。那麼親愛的小妹妹，我要感謝妳提醒了我身為一個作者的重要性，於是我花了很多的時間，好好的、認真的寫了一本書。這本書，希望妳依然喜歡，也希望它能為妳帶來更有意義的影響。

呼吸這種事，就別再多想了吧！能呼就呼啊還囉唆什麼！

味道

某EX

他交過的女朋友們每一個都有自己喜歡的香水。
就像說好了一樣，
那些不同的女生喜歡的品牌也都恰好沒有重複。

就她沒有。

一開始他以為那是因為他們的相識是在夏天的關係，
有幾個女生朋友在夏天也是不愛香水的他這樣想著。

不過一個四季過去了，
她還是沒有任何味道。
他開始著急，

不聞。蔡燦得畫。

畢竟他是一個多麼依戀香水味道的人啊！

他的第一任女朋友就是一個「香奈兒NO.5」女孩，
他們的愛也非常的濃烈，
以致於分手之後，
只要聞到「香奈兒NO.5」就會想到她，與他們的曾經。

在那之後他便著迷於味道的記憶，
且隨著年歲的過去與愛情的經歷，
屬於「他」的味道也愈來愈多。

有「Elizabeth Arden，5TH avenue」的OL；
「GUCCI」的Rush女生是個畫廊經理；
那個空姊為了他還特地選用「CD」的「Remember Me」；
還有一個長相據說很男性化但卻愛用「YSL Baby Doll」的電影公司公關；
屬於他的香水記憶真是一下子數不完，
其中甚至還有「Body Shop白麝香」的大學女生。

除了她，除了她呀！

他很懊惱。

他不只一次的從明處或暗處明示與暗示。

「這味道很適合妳喔！」

他曾經幫她挑選了一款很適合她非主流生活與思考方式的香味，

但那瓶Banana Repubic女生香水在它停產前她就停用了擦了大概兩次。

對香味的記憶他總是敏感的。

兩次，就兩次。

「妳這樣以後要是我們分手了，聞到這味道我就會想起妳啦！」

「在我記憶中，這就會是妳的專屬味道耶！」

不管說什麼就是沒有用。女孩就是不喜歡香水味。

後來他們果然分手了。

他一如往常會在各種有香水味道的地方拿出回憶來回憶。
那個Guerlain - Shalimar的、
那個L'Occitane的、
那個Hermes Caliche的、
那個Kenzo Kashâya的…

他不管聞到哪款香水味，
都會想到不擦香水的她。

沒聞到任何香水味的時候，
也會想起總沒有味道的她。

他想，她是對的。
因為沒有味道的記憶，
他便只好記得她的臉。

也是不聞。

人生如「戲」

令人膽戰心驚卻又一頭霧水的曾經好友

有一部電影是這麼演的：短髮清秀的女主角想要找一個女生室友，後來她找到了一個與她十分投緣的女孩，她便把房子租給了她。但是沒有想到，當這個女孩與女主角感情愈來愈緊密的同時，女孩卻對女主角做出了相當令人無法理解的恐怖事情……（註）

我，也遇過類似的事情。她是我復興商工的學妹，也是我爸爸幫我請的助理。工作很輕鬆，只要我有工作的時候陪著我就行。但不管一個月裡我有幾天工作，我爸爸都還是付給她完整的一個月的薪資。並且還包含所有該保的保險。

雖然她是我學妹，但是在學校的時候我們幾乎不算互相認識，頂多就是講過幾次話，如此這般。但當她開始跟我一起工作後，我們簡直可以說是一見如故！就像電影演得那樣，無話不談。那時候我還不會開車，出入都乘坐計程車。有一天，她

說，她去考了駕照，以後就可以開車載我了。為此，她還跟她媽媽借了頭期款，去買了一台小車。雖然我覺得大可不必這樣鋪張浪費，但畢竟她是為了工作，所以我還是堅持幫她付一半每一個月的汽車貸款。有了車子之後，我們更是緊緊相連，不管到那裡我們都一起去。很快的，我的朋友全部都認識了她，也與她成為了好朋友。就這樣，我們一起工作與吃喝玩樂的過了好幾年。

期間也並非都一直相安無事，就像連家人也會互相吵架那樣，早就把她當成家人的我，也會有與她意見不合的時候。譬如，她一直都跟我說她是單身，但是有一天當我在拍戲的時候，竟然有一個男生找她找到了電視台來！這很犯我的大忌，私人的事情我從來不會帶到工作場所，更何況她為了要躲那個衝動的男生，還搞到整個劇組都幫她圓謊，讓我覺得十分不好意思。這算是其中比較大的事情，也是在這個時候開始，我發現她有很多事，並不是像她告訴我的那樣。

譬如，她一直跟我與我的家人說，她爸爸非常兇，絕對不可以讓她爸爸知道她在演藝圈工作，「不然我會被我爸打死。」她每次都這麼說。所以搞得我爸爸也不敢跟她家人做任何聯繫。加上她跟我說，她其實每天工作完都一定要馬上回家，「不然我會被我爸打死。」」。所以理所當然的，我也無法認識她的生活圈裡的朋友們。

仔細一想，當時我們是處在一種：她對我瞭如指掌，但我對她的認識全部都只來自於「她告訴我的」。但是處在相處的和樂融融的情況裡，我一點也沒察覺到這件事情的不合理性。後來一切的崩解開始於那一次的大陸行。

那時候我拍楊佩佩楊姊製作的古裝劇，那個時候大陸拍戲的環境還不像現在這麼好，住的、吃的，都不太方便。但我是一個很能適應環境的人，所以我也挺樂在其中，尤其還有她陪我一起，每天嘻嘻哈哈倒也熱鬧。

可是突然有一天，我當時的經紀人在台北打電話給我，問我一切都還好嗎。這感覺上是一個很正常的問候，但怪就怪在她一天當中打了好幾通來，全都是諸如此類的噓寒問暖，而且，一連打了好幾天！我的經紀人可不是婆媽型的，一定有事！就在我逼問之下，她才偷偷跟我說，因為我的助理每一天早上都打電話給在台北的他們，哭訴在這裡受到欺負。受到誰的欺負？受到我的欺負呢！妙吧。據我經紀人在電話裡的說法是：她說我都不准她跟劇組的演員聊天，也不准她坐在椅子上。

這下子我恍然大悟：難怪她來到大陸之後，在拍戲的現場都不跟我之外的人聊天說笑，叫她坐啊休息啊她都說不要她要減肥所以要站著！是在演戲嗎？但是為什

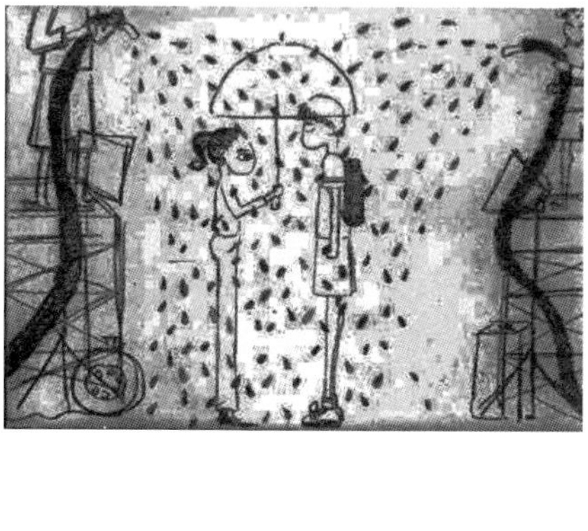
拍易智言導演的《危險心靈》時，畫下在人造雨下拍片的我與黃河（右）。

麼!?

我默不作聲，當作沒收到經紀人的電話。但是也不再把我的手機借給她打電話了。因為她當時沒有可以從大陸打回台灣的行動電話號碼，為了幫她省錢，我都要她用我的行動打，她每天都跟我借電話，說要打電話回家報平安，原來，她都是用我的手機打電話給我的經紀人！

我不知道她這一切到底是為了什麼。回到台灣我發現更多更驚人的事，原來在我的朋友圈中，早已經流傳我是怎樣虐待我的助理的！譬如，不給她薪水、說要買車結果錢都是她在付、不幫她保險……等等，還有，我老是在背後說某某藝人的壞話……喔老天啊，這一切到底是什麼?!

可是我拿不出證據來證明我的清白。因為，關於付薪資與保險的事情，因為她堅持說她沒有戶頭，並且也不能給家人知道她在演藝圈工作，「不然我會被我爸打死。」她都這麼說。所以每個月的月薪、保險費、一半的車貸，都是我爸爸拿現金給她的。沒有匯款記錄，也因為我爸簡直把她當成女兒般疼愛，所以連簽收都不用她簽。這一切都讓我們無從證明我們真的付她錢了。

拿不出證明的還有我那時出的一本圖文書《得過且過》。那是一本我完全手繪與手寫字的書，是我一筆一劃精心設計完成的。但她看我畫得辛苦，她說，不如我把色塊標出來，她來幫我上色吧。或是幫我擦掉鉛筆線也好。我竟然傻傻的答應了。後來書出版的前一天，出版社告訴我，有一個女生打電話給他們，說，我的書，其實是她畫的。我十分驚訝。

這一切她對我的所作所為，難道都是她早就設計好的？但是為什麼？原來她來到我這裡幫我工作之後，她老是說她前雇主（某女藝人）如何欺負她，這一切也都很可能是她「想像」出來的？但是她到底為什麼要這樣做？我真的不知道。但是那一陣子我有好多圈內幕前幕後的朋友的確都漸漸的遠離我，其中有些一直到現在，我們都再也沒有私下往來過。她只是想要奪取我擁有的一切嗎？

這個女生後來是自己消失的。有天，她說，她爸爸要她載他去鄉下辦事，所以要跟我請假。然後她就再也沒出現。打給她，卻是手機也換了，車子，當然也沒有再開來過。

後來聽說她去了我其中一個女藝人朋友那裡當私人助理。從此那個女藝人不再跟我連絡。直到後來她的婚姻出了問題，她回到台灣，我們才見了面，說了話。但是我們也從來沒有提起過這個女助理的事情。

後來我們家也搬離了她知道的那個住所，我也擁有了自己的車子。很久以後的某一天我開著我的車，在一個工作場所遇見她，我竟然整個人驚嚇到幾乎從座位上彈起。那種驚恐感真的令我難忘。因為我好怕她記住我的車號，然後會再做出什麼瘋狂的事情。回家的路上我整程都東張西望，一直看後照鏡中是否有車子在跟蹤我……

在此，向所有被她牽扯到的我的朋友們致歉，如果這當中有人曾經相信了她口中的我，那麼希望你們有機會可以看到這篇文。

有很多人因此勸誡我識人要小心，但是我真的不知道要從何小心起。在認識一個新朋友時，真的有可能知道對方的企圖嗎？我想，我一輩子都做不到。

註：電影叫做《Single White Female》（《雙面女郎》），1992年的電影。女主角是氣質美女 Bridget Fonda（布莉姬芳達）與怪女孩 Jennifer Jason Leigh（珍妮佛傑森李）。

謝謝妳等我

小筑小天使

五歲就當藝人，演藝事業對我來說，不管是拍戲也好、主持也好，或是拍照、寫書、廣播⋯我都當成是像過日子一樣的平常。畢竟從有記憶以來我就在這個行業裡，這一切對我來說，沒有煞費苦功的得到，所以也沒有小心翼翼地珍惜。

每一件工作，我都當作在玩。從來沒有認真地思考過，身為大眾媒體的一份子，我的所言所行，究竟會對接收者有多大的影響。直到我認識小筑。

那幾年我和張洛君擔任迪士尼頻道台灣區的代言人，除了出席活動與小孩們同樂，還必須主持頻道內所有的節目。而小筑，就是一個從懂得看電視開始，就鎖定迪士尼頻道的小女孩。但是當我認識她的時候，她已經要上天堂了。

那天被通知：有一個小女孩的最後心願，就是可以看見「真正的迪士尼哥哥姊

姊」的時候，我才赫然發現自己工作的重要性。這個小女孩她所接收的電視資訊，幾乎都來自迪士尼頻道。那這樣說起來，我的每一個用字遣詞、每一個應對舉止，對她到此為止的人生來說，影響真的很大！

基督教的一個小小故事是這樣說的：如果有一朵很美的花，卻只開在無人的深山，那麼她還需要奮力的讓自己生長得如此嬌美與芬芳嗎？當然，因為就算沒有人看見，神卻是看見的。因為是神讓我們來到這個世界上。祂必然有祂的用意。

每一個生命都有其來到這世界的意義。小筑之於我的意義，就是讓我從那時開始，非常注意且小心的慎選工作的內容，以及謹慎對待我在工作中所流露出的態度。我希望我傳播出的訊息，都是「積極、正面」的，我希望不管是我的觀眾或是我自己，都能在這些工作中感受到對生命的感謝與希望。

一點一滴的累積，就算每一次的工作都只讓一個觀眾感動到，然後他因此改變了他的生命態度，就值得了。

這是我那時候寫的一篇短文，除了獻給小筑，也記錄了當時的心情。

小筑，謝謝妳！

寫給小筑的信

今天我去看小筑。

起太晚，
還要趕著畫卡片給她、
還要找出哪件T-Shirt比較搭、
還要把頭髮夾直、
還要想卡片後面要寫些什麼、
還要找路……
我不知道會不會來不及！

小筑你要等我，
我想要給妳一個好印象，
才會搞得這麼晚出門啊！
妳知道的，
我一定要給妳一個好印象，

我要妳在天堂想到我的時候，
是笑的……）

但，
妳真的會像他們所說的，
這麼快就要上天堂了嗎？
妳不是一直想要到我的節目裡來跟我挑戰玩遊戲的嗎？
妳不是很喜歡畫畫想要寄來在我的節目裡秀出來的嗎？
還有妳的爸爸媽媽，
他們其實好傷心哪！
在妳身旁的時候他們笑著喚妳「小筑娃娃」，

可是一會兒他們就會跑到病房外面去蹲
在地上哭泣。

才七年，
妳跟他們才生活了七年。
捨不得呀。
還有妳最喜歡的吳老師，
我見她的時候她總是正流著眼淚的。
可是可是小筑，
我看著妳，
卻哭不出來。
妳知道嗎，
我失神了。
我被妳用力呼吸的樣子完全吸引住了。
妳，
躺在往上傾斜的病床上，

無力的脖子用小枕頭支撐著，
用鼻子的呼吸器、
用努力張著的大嘴，
呼吸。
吸一口氣．吐一口氣
都會用到全身的力氣。
所以妳吸一口氣．吐一口氣
妳全身顫抖。
很抱歉，
初次見面我便不由自主的盯著妳那張著
的大嘴，
與因為努力呼吸而乾燥到脫皮的唇與脫
皮的舌。
我真的很想親口謝謝妳，
謝謝妳用這樣的方式告訴我，

原來我這麼幸福。
幸福到竟然常常會忘記呼吸這件事。

可是看著妳的爸爸媽媽、
妳的阿嬤、妳的吳老師、
還有滿滿的喜願協會的工作人員，
我說不出口。

因為他們告訴我，
妳總是一有時間就看我的節目，
就連躺在病床上也是24小時鎖定我會出
現的頻道。
妳才七年的生命，
就花了這麼多時間在看我。
而這樣的我，
這個讓妳在生命的最後還會想要見一面
的我，
竟然連呼吸的幸福都不知道。

我給了妳什麼，
讓妳要用這樣的方式告訴我，
我的幸福？

親愛的小筑，
今天我遲到了，
謝謝妳等我。
妳可不可以再等等我，
讓我帶給妳更多的東西？

親愛的小筑，
親愛的小筑。

通往自由國度的換日線

那些在台北車站底下的遊民們

電梯外他龐大的身軀在蹣跚中使勁地奔來，
電梯內我的手指在猶豫中往開關的關移去。

終究他還是在關得過慢的電梯門中鑽了進來，
顯然電梯比我更有良心，這或許是他們比較相熟的緣故。

電梯由B2往1F・電梯門關上——
他望著地板我望著他，不得不。
即使其實我也無處可逃，但望著，還是比較安心的。
就像他望著地板也比望著我更令他安心一般，不得不。

電梯由B2往1F・正爬行至B1中——

台北車站地下停車場電梯。

他捲曲的短髮混搭著油，用塊狀的姿態緊緊貼著他的腦袋，
他皮膚的黑也是塊狀的，
仔細看便會發現那些在塊與塊之間所形成的奇妙溝狀曲線，
看起來就像拼圖。
那些拼圖般塊狀的髒污，拼成了他整個人。
時間的手用了不少時間拼出了他現在的這個模樣。
拼圖尚未完成，
而拼圖的主人，
會不會也像我們在玩拼圖的時候一樣，
拼著拼著，會突然發現：原來拼錯了？

會不會他也不該是現在我們看見的這個模樣呢？

電梯由B2往1F，在B1暫停，電梯門尚未打開

他身上的酒氣漸漸四散，
他用腳玩著拖鞋，打發時間。
我望向應該要打開的電梯門，這才發現它是殘障與行動不便的專用電梯。
雖然我拖著一個半個人高的大行李箱而顯得情有可原，

換日線。

但殘障與行動不便的標示依然對這正在對峙的我與他與電梯形成且完成了某種哥德式的諷刺氛圍。

電梯由B2往B1．電梯門即將打開——

有時候我真的會認為，或許殘障與行動不便其實是指電梯本身。

電梯門．終於開了——

他與我竟然都還沒到達目的地。

電梯由B2往1F．現在它張著嘴在B1大口呼吸——

好似剛剛一路上來，它都是憋著氣的。

不是相熟嗎？你們。

我都沒憋氣，你是在憋什麼氣？

這混著髮油、體油、腳氣、酒氣與尿味的氣，我沒憋。

我需要靠這一點平衡一下我的罪惡感。

電梯朝B1外頭吸了一大口空氣後，認命的闔上嘴，繼續它往上爬行的路線。

我想起這本書的由來，

就是我，想要流浪。

但既然不可能拋家棄父母，真的流起浪來，

所以不如就用流浪的心情，在所居住與工作的台北城市，流浪吧。

記錄著這些流浪心情的一切，便成了現在各位看見的這本書裡的文字。

這是屬於我的城市流浪記憶。

而到此，我身邊站著一位真正的流浪者。

電梯到了1F·電梯門打開——

日光射進了電梯，在我與他之間隔出了一道……

換日線嗎？我不禁笑了。

這一笑，讓他抬起頭來看著我。

這才發現原來他始終是笑容滿面的。

是的，他一直都是靦腆的笑著，是我只選擇了看見他的髒。

「妳先。」他說。

好，我先。

我們一前一後，走出電梯，我們到了我們共同的目的地。

日光讓我了解，其實我們一直都以不同的形式，流浪在同樣的國度。

後記：

有了高鐵之後，台北車站成了我很常出沒的地方。但從來不會開車過去，總是覺得應該是坐計程車會在花費上節省許多。畢竟要離開台北的工作，大部分都得花去整整一天的時間，停車費累積下來太可怕了！

直到那次發現竟然有停一整天只要兩百五十元的停車場，便開車過去。兩百五十元，比從我家到車站單程的計程車費還要便宜呢！

等我真的把車停了進去，才發現大事不妙。因為在停車的過程中，不管我開往哪一個停車區域，都會遇見四處或是閒晃、或是睡著、或是自言自語的遊民們。老實說我當下真的十分害怕。也才猛然想起原來這裡就是鼎鼎大名的遊民聚集地啊！

在停好車後，搭電梯前往一樓趕高鐵時，我記錄了這篇文。

事後我對於我的害怕很感慨。

我們很容易會害怕靈魂自由的人。

但我們又都那麼汲汲營營於尋找與抱怨靈魂的不自由。

台北車站地下停車場入口。

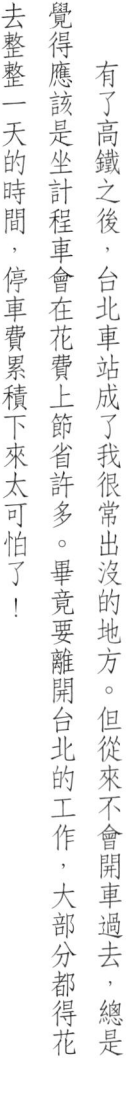

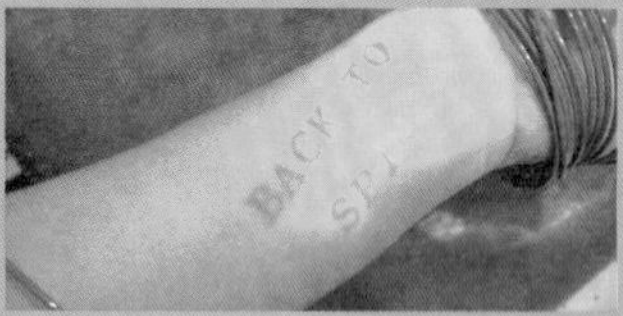
BACK TO

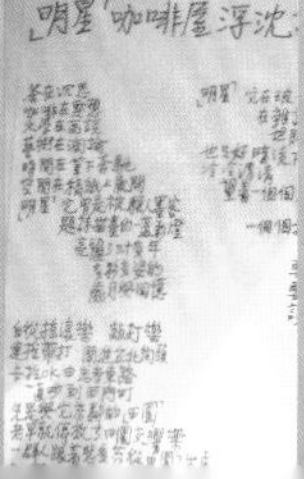
「明星」咖啡屋浮沈

幸福所在

曾經為了一家好喜歡的小食店，而決定要搬到它的附近。
雖然這個夢後來沒有成真，但卻給當時的我帶來好一陣子的開心與希望。
這裡面記錄的每一間店，都曾經在我的生命裡，為我帶來許多希望。
不管那個希望後來怎了，那曾有的感動，永遠都在。

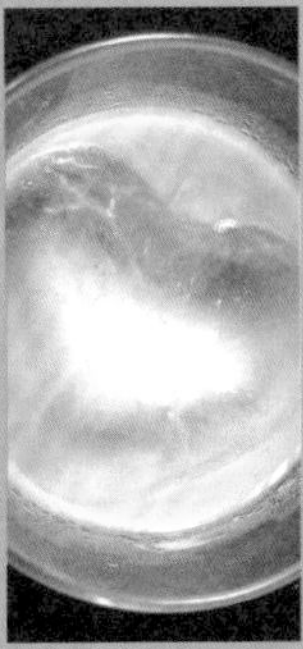

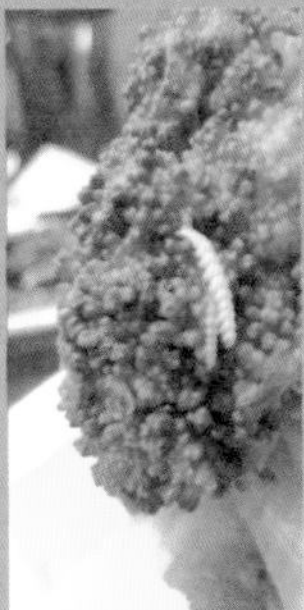

因為太愛而想要搬到隔壁之食店

zabu 雜鋪

今天我擁有整整一個整天。
完全不用踏出門的整整一個整天、
連電話也不用接的整整一個整天、
不用去運動也不用回簡訊的整天、
而我把這大好的整整一整個整天，
全部都拿來喝咖啡以及看《The Godfather》（電影《教父》，總共三集）。

就這樣坐在打開著Word檔的電腦前，感受著窗外從日光飽滿直到它消失。
《The Godfather》從一到三，然後接著是幕後花絮。
於是我再也寫不出一個字，
因為腦袋中裝滿了年輕的 Al Pacino（艾爾帕西諾）。
Al Pacino all the way。

連最後在電影頻道看到《Ocean's Eleven II》（中文電影名稱《瞞天過海》）中的Andy
Garcia（安迪賈西亞），
我都堅持說他是．Al Pacino。

然後我終究是出門，太想去．zabu。
那個我因為太愛而差點真的搬到附近住的． zabu。

繼續帶著我的小白蘋果，
自以為會在zabu趕完稿，
我把自己塞在自以為是屬於自己的那張棗紅沙發，
把小白蘋果打開、筆記本拿出來、點好咖啡、坐好。
結果隨著今日播放的好音樂我又神遊了，
這裡的音樂總是讓我好愛。

隔壁桌的女生因為遲到太久而對著她的男生朋友氣定神閒的解釋。
要氣定神閒才不是在說謊，她好像對此認真地相信。
但是其實我認為並不是這樣。

不該氣定神閒的時候的氣定神閒，就等於擺明了告訴別人：
嘿，我在演戲，看得出來嗎？

就像理由就是理由，
不管編得再真實聽起來就是會有種屬於「理由」的氣質。
隔壁桌的女生氣定神閒的說著令人無法反駁的遲到事由，
她的虛假隨著口中吐出的每一個字漸漸散播在這空氣中，
然後被這好音樂吞噬。
這裡的好音樂能吞噬所有。

現在播放的是《劉以達之水底樂園》，
我想到我第一次隨機的鑽進這裡的時候，
正在播放的竟然是我的最愛之一，
Beck的《Everybody's Gotta Learn Sometimes》，
從此把這當成是不用多言的知心朋友一般，
只要不想呆在這世界上的其他任何地方時，就一定會來這兒呆。
聽聽音樂也好、抱抱這兒的貓也好、
看著貓兒與金魚的玩耍也好，總之，在這，做什麼都很好。

隔壁桌的氣定神閒小姐的很理由的理由不斷在我心裡擴大。

喔，理由。

每一段愛情都是被理由餵養茁壯的。

等我們的愛情吃膩了這樣的理由後，

自然而然的會再去別的地方找吃的。

怪的是在別的地方找來的還是一樣的這些那些，

而換了不同的人就好像忘了上一段的這些那些，

接著下來就會開始跟之前一模一樣的這些那些。

我又想到一部叫做《Goldfish Memory》的電影（中文名稱之一《愛像一條魚》）。

這些那些，堆積出我們的人生。

然後

我們

充滿

理由

所以
我們
只剩
理由
。
（自以為是大文豪之忍不住笑了，結果被氣定神閒小姐狠狠地看了一眼。）

小黑又過來聞我。不管認識了多久，
每次見面牠還是會先過來聞個夠，不管三七二十一的。見外鬼。

但即使如此我還是會好期待這隻黑ㄇㄚㄇㄚ的喵可以跳到我腿上來個小睡。

真奇怪這裡的音樂不管是啥我真的都會愛。
現在播出的這首其實只有類似蚊子的叫聲，
放大好幾百倍的蚊子叫聲，
一直叫一直叫個不停的那種蚊子的叫聲，
但我還是好愛。

大概是這裡的咖啡加了藥是吧？
吃下去便可以愛上全世界的藥。
（笑）．（於是又被狠狠地看了。）

這裡的貓咪又跳到大金魚缸去喝水順便嚇魚，
這些金魚被科學家們說牠們只有三秒鐘的記憶，
喔。但他們到底是怎麼測的？
「用字卡嗎？」電影《Goldfish Memory》裡，教授最後的女友這樣問。
電影裡的教授笑了，想到這段我也笑了，
於是又被氣定神閒小姐白了一眼。

我是類似金魚的一種人類啊！
我覺得這樣好幸福。
不知道是因為記憶不佳還是在zabu聽著好音樂喝著好咖啡的關係。

註：「zabu」是一家在師大路旁巷內的小食館，其中的食物、桌椅、牆面、貓們與魚們、光源、展品…所有的一切都與我十分同國。尤其是老闆娘不會來跟你玩「耍熟」的這套。一切的一切，都在最適當的距離。你有沒有找到一間與你擁有最適當距離的食店呢？

幸福所在・02

說話

柏夏瓦café

這裡是一個大家都不怎麼多話的酷地方。大家都只說自己應該說的話。譬如，老闆娘就負責跟客人問好，「嗨」就嗨。沒有多的。服務員就只跟客人問：「還要用嗎」，然後就收走或不收走，其他的就沒了。像是連問號都懶得附上的那種精簡語句。

老闆娘跟服務生之間也幾乎什麼都不說，客人跟客人之間，也絕對是什麼都不說。

這是一個不多話的地方。但這裡供酒。

喝了酒之後的我超想說話，
還好．這裡可以無線上網。
喝了酒之後的我在這不多話的酷地方安靜的跟大家說話。

還好有網路，我適合虛擬。（或許我根本就是虛擬的？）
奇怪你們怎麼可以這麼安靜？你們都沒有想說的嗎？我有。我有好多好多想說的，但是沒有適合的人讓我說給他聽。

如果那讓你帶著來這吃飯喝酒的對方並不是讓你想說話的人，
那你想說話的那人你又為何不帶著他來這吃飯喝酒呢？
你帶著這個人來這吃飯喝酒但卻沒有什麼想說的想跟他說的，
那你為何又要跟這個人來這裡這樣的吃飯喝酒呢？

我有滿肚子的話想說，
但卻找不到我想要說給他聽的人說。
你們沒有滿肚子的話想說，
卻得面對著同樣不想跟你說話的人找話說。
我們
一樣
無聊啊。

後記：

這個安靜的地方，叫做「柏夏瓦café」，在師大路旁小巷子裡。安靜到常常我都走到門口了，還是無法確定它今天有沒有營業。也低調到用奇摩關鍵字搜尋部落格竟然也只有一頁記錄的程度。

在這裡我和當時一起合作完人生劇展的鄭芬芬導演曾經整整的說了一整個晚上的這些那些。到最後鄭芬才突然發現那裡其實很安靜。

聽她說話足以讓人忘記身在哪，一如看她的電影一般的過癮！

包裝

4am café

剛認識他的時候，是被他那頭長長如瀑布一般的直髮吸引。真是又直又長啊！尤其是當他坐在攝影機的後面，專注地看著觀景窗的樣子，那直直長長的秀髮隨意的披散在半邊臉上與肩上，配上自然舊的牛仔褲與自然髒的白T-Shirt。那模樣，真是迷死人了！

我一向喜歡不太修邊幅的那種人。想坐就坐，不用擔心名牌褲子會髒會破；白T-Shirt弄髒了第一件事情不是抱怨洗不掉，而是瀟灑一笑說句：「不過就是衣服嘛。」。頭髮尤其重要，千萬不要給我在那微風一吹就忙著把瀏海拉回原本的位置，那絕對會只換來我那不可逆的白眼！

以上規則男女皆適用。因為我絕對也不是那種會花大錢買一堆讓自己無法自在享受生活快樂的物品的那種人。但話說，女人心海底針。有人說不要問女人：「到

底在想什麼?」，因為連她們都不知道自己在想什麼。

而我說，女人絕對知道自己在想什麼。只是當我們知道自己在想什麼的當下，我們又有了別的想法了。譬如，是的，女人心海底針。女人們其實並沒有放任那隻針在大海裡，女人們其實都有忙著在海底打撈那隻屬於她自己的針，只是她們很難決定與相信哪隻針是自己的那隻。於是，她們就一直不斷地，換針撈。所以每當我撈到一枚「長髮又不太修邊幅」的針的同時，我其實又會開始想要把他們丟回大海裡。

因為其實不太修邊幅的人大部分也是不太浪漫的人。浪漫，是一件多麼需要細心與耐心的事情。尤其是情人間的浪漫，更是需要花時間觀察與實驗，才能真正抓得住到底另外一半喜歡的浪漫是什麼。這絕對不是光光知道：「我另外一半喜歡看電影。」，所以每一次的約會，「你都帶她去看電影」這麼簡單。因為就拿喜歡看電影的我來說，也並不代表每一次約會都會想要看電影的。但何時我會想要看電影?如果想看電影，我想看的又什麼電影?而且，就算真的看電影了，那我今天看電影的時候想不想吃爆米花?今天想要一人一盒爆米花，還是買一大盒兩個人一起吃呢?看電影的時候，我今天是想要專注地看?還是我想要放鬆地看，所以可以偶爾小聲地彼此討論?

看，光是看電影，該知道的事情就如此多，而這一切，都不是不修邊幅的人會注意的。甚至即使注意到了，他們也會笑著瀟灑一句：「不過就是看電影嘛。」

所以其實跟不太修邊幅的人談戀愛，要承擔的風險之一，就是這要人命的「瀟灑一句」。等下要吃什麼呢？他老是會笑著瀟灑一句：「妳決定就好，不過就是吃個飯嘛。」。所以，妳是等不到他們會自發性的穿戴整齊、訂個燈光美氣氛佳的餐廳、然後帶妳去吃頓名廚的大餐這種事。這絕對不是錢的問題，而是穿戴整齊的問題：「不過就是吃個飯嘛，為什麼不能穿拖鞋？」，是的，這「一根」不願意為了進餐廳而把拖鞋換掉的「針」，我已經把他丟回大海裡了。

再來是逢年過節。情人節是一定會記得，因為有報章媒體以及周圍民眾大家都在說、都在準備，要說自己忘了，絕對不可原諒。但記得歸記得，他們也會說：「情人節快樂。」，但，就這樣了。送禮？沒關係，我不在乎禮物這種東西，知道他可能不會給我什麼驚喜，所以我便買了情人節基本配備：包裝浪漫的巧克力！大家一起把它們吃掉，也算是甜甜蜜蜜。結果，他看到包了一層又一層、擁有無數美麗緞帶的巧克力盒，就一把把它們撕爛，還不忘笑著瀟灑補上一句：「幹嘛包成這樣，不過就是巧克力嘛！」，當然，這一根「針」，他現在也躺在大海裡，等別人去撈了。

諸如此類的瀟灑名言當然還會有：「不過就是生日嘛！」「不過就是聖誕節嘛！」「不過就是週年紀念嘛！」之類、之類的。

受夠了這些不修邊幅的針之後，我也改撈過一些很修邊幅的浪漫針。但最後，終究又回到了會被「長長如瀑布一般的直髮＋白T-Shirt與破牛仔褲」吸引的輪迴。

畢竟還是喜歡這類人的自在與瀟灑，大過於那些雖然浪漫滿分，但卻凡事計較的人啊。至少這類人能擁有生活當下的快樂。而生活，不就是當下才是最真實的嗎？曾經在我不再願意打撈起「不太修邊幅」的針之後，遇到了一個很會製造浪漫的男生，他的浪漫與細心讓我驚喜連連，但，他卻同樣計較於我給他的浪漫是否同樣用心，無數計較之後的結果，當然我也是把他那一根針丟回大海裡了。

另外一個，更是為了要造浪漫與過好生活，老是大手筆大手筆的花錢，後來才被我發現竟然積欠卡債上百萬。

有一好，沒兩好。就跟3C用品一樣，絕對不可能有一機多功能到讓人覺得已經十全十美，願意一輩子毫無抱怨的用它，一輩子再也不想換新機的產品。

就看妳要的是什麼。

最令我難忘的戀愛回憶，竟然是一個不太修邊幅的男子與他的吹風機事件。

他也是那種常常會瀟灑撂下一句什麼的瀟灑男，曾經也是因為諸如此類的老問題，彼此大吵到就要把他丟回大海裡了。結果有一次我的吹風機壞掉，我跟他借他的來用，因為我家管理員很難搞，所以我們說好不要他送過來，他出門工作的時候會把吹風機放在他家管理員那，我拍戲收工了就過去拿。

當我收了工，開車到他家樓下，走到管理室要拿吹風機的時候，那管理員拿起一把吹風機給我看，問我是不是這支。我笑笑的問：「他沒有留紙條說要給誰嗎？」，管理員說沒有，但有說我會來拿。當時我心裡又是一陣不爽，想說哪有人做事這麼草率。要是今天輪班的是另外那個笨蛋管理員，又像以往那樣堅持沒寫名條的就不能拿，那我怎辦？

吹風機是這把沒錯，只有他會在我認識他八年來都用同一把老掉牙的吹風機，風速只有大和小，連負離子都沒有。要不是我急著要用，我才不會來跟他借哩。

我整理臉上的假笑，說：「沒錯，就是這一隻。」管理員把吹風機遞給我。我再次整理臉上的假笑，問：「袋子也給我好了。」管理員露出傷腦筋的笑：「ㄟ……他沒有給我袋子耶……」

什……麼？我說要吹風機，這傢伙還真的就只給我吹風機！連提袋都不給！要是我沒開車來……喔不，他知道我一定是開車去拍戲。哼，那要是我沒有袋子提回家……喔不，他知道我永遠車上會放環保袋。哼好吧，那要是我……喔不，他知道我最討厭一堆有的沒的提袋們，覺得不環保又佔空間。哼好吧，這回合你贏。

跟管理員道了謝，抓著赤裸裸的一把老式吹風機，轉過身走向車上的時候我卻忍不住臉上那發自內心的真正笑意。突然間我發現我好愛這個毫無多餘包裝的男人。

想到他最常去的咖啡廳，也並不是多麼豪華或是多麼風格的地方，而是只賣飲料，但是食物可以外帶的毫不囉唆的4 am café。在那裡，可以盡情的看書、上網、聊天或是發呆，完全不會有任何多餘的服務來打擾。並且開到凌晨四點。默默的，但卻是貼心的。有一好，沒兩好。就跟3C用品一樣，就看妳要的是什麼。

我想，我還是喜歡這種踏實與不用費心算計的樣子。

幸福所在·04

骨子裡的那些什麼

明星咖啡廳

那天跨年，和非常愛的朋友們，
在國父紀念館周邊道路看煙火。
大概提早一個小時到，先勘景。（真是職業病）

找好一個人不多，視野卻很棒的地方，
然後大家買了熱飲，一邊喝一邊隨處走走逛逛，
一邊說著今年的這些那些。

冷冷的天氣與手中的阿華田熱度相融，
周遭的人數與心裡滿足程度適當完美。

一切都是那麼的剛剛好，

剛好適合送走到期的一年，
然後迎來一個新的365天。

煙火結束，
我們也各自回家。

新的一年要好好的用，
我們一分鐘都要把握。

那天，
我們看著路上那些短裙濃妝瀏海高跟鞋辣妹們，
回憶起我們曾經每次跨年都在夜店渡過的歲月。

好好笑，
我們竟然自豪起自己跟她們的不同：
「拜託我們才不穿短裙，
我們可是穿著破牛仔褲和帆布鞋。
我們聽的是搖滾樂喝的是啤酒耶！」

然後說起那時伍佰還不是巨星時，
我們每個禮拜都騙家人要去唸書，
卻偷跑到夜店去聽他搖滾的日子。

我們講我們的，
周圍的辣妹辣弟們走他們的，
多麼切題的某種世代的流動。
他們以為自己是Jolin、飛輪海，
就像當年的我們自以為是嬉皮。

每一個年代其實都美好，
只不過加上青春的狂妄，
就有了不可一世的快感。

曾經我在明星咖啡廳裡，
發現了一首羅門寫的詩，

名字叫做《明星咖啡屋浮沈記》。
當時我站在那個手稿前，
讀著讀著彷彿被罵一頓。
但我被罵的很開心，
因為在詩裡，我彷彿又成了某種改朝換代時，
會被忌妒的，屬於青春的新一個世代。

我真的太喜歡那首詩了。
我喜歡被忌妒的感覺，
所以，
我讓自己一直擁有著，
某種不可一世的狂妄。
並非表象，而是骨子裡的。

一個朋友在MSN的標題寫著：青春無用，願君多保重。
沒錯，有用的是骨子裡的那一些什麼。
勇敢些吧各位。

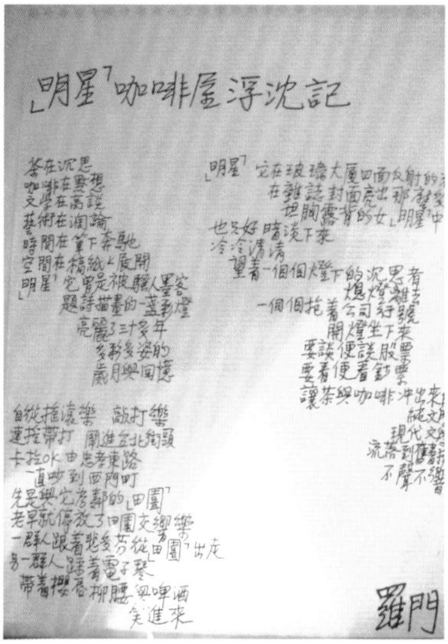

幸福所在・05

喔，是的，情人節

誠品書店信義店・敦化店

喔，是的，情人節。又要到了。但誰說有情人的人情人節一定要跟情人過哩？像我這種每天都可以找到理由讓自己也能像在過情人節一樣快樂又浪漫的女生，其實情人節這天還蠻想放假。

我想要上街演一種「讓妳們以為我沒有情人但其實我有情人而且還比妳們自由自在的多了」的驕傲戲碼。

並且這樣也可以避免有人會以為，「一年當中只要在這一天搞定我，他就可以逍遙自在、任性而為的過其他364天」的蠢事發生。

那年情人節，我說我想要一個人過。

十分不安的他不斷問我：「怎麼了？」

我：「我連續拍了好幾天戲，明天剛好放假啊，我想要好好休息一下。」
他：「那妳要去哪？」
我：「我想要去逛誠品，然後去看電影。」
他：「那我也要去。」
我：「不要，我想要一個人去啊！」
他：「怎麼了？」
以下鬼打牆對話下刪一千字。

我就是很《500 Days of Summer》（註❶）的女生。雖然我在看《500 Days of Summer》的時候也覺得那叫做Summer的女生有點可惡。可是我生來不是為了要讓別人覺得我不可惡的。而Summer後來也遇見了讓她願意踏入婚姻的人，那可憐的男主角後來也找到了他的Autumn不是嗎？

那個情人節我戴著耳機聽著iPod逛得很開心。街上滿滿的雙雙對對與卿卿我我，那姿態多麼的炫耀、多麼的狂妄。而我，一個人，心裡卻無比溫暖。

逛累了，打電話給他。
我：「好無聊喔，逛完了。」

他：「我也好無聊喔，我有點想要去看電影，妳要一起嗎？」

我：「也可以啊，可是我想看那部……」

他：「我想要看那部《沒有耳朵的兔子》（註❷）。」

他毫不考慮的率先講出我心裡的答案。

站在路邊我壓抑不住嘴角上揚的微笑。

喔，情人節，不故做姿態的情人節才是真正的情人節。不管妳是幾個人過。

註❶：《500 Days of Summer》中文名字叫做《戀夏500日》。講一個男生，愛著一個叫做Summer的女生時，500天內的心情與故事。女生很自我，不喜歡有那種自己屬於誰的感覺，所以男主角十分頭痛。電影由男主角主述，用亂序的方法講故事。譬如一開始先講第355天的時候的故事與心情，接著再講第2天的心情，然後再跳到第32天、111天、諸如之類。這樣的亂序手法明白表達了男主角起伏不定的心情，再加上女主角不受控的個性，讓整部電影情緒忽高忽低，十分逗趣可愛。片中充滿嬉皮年代的搖滾音樂，以及那個時代中大導演的經典電影片段，幽默的讓大家知道，青菜蘿蔔各有所愛啊！別急

別急！

註❷：《沒有耳朵的兔子》英文名稱是《Rabbit Without Ears》，德國片。我很喜歡德國片呢。故事當中，從小就欺負女主角的男主角，因為一個事件，又和女主角重逢了。這下可好，換誰整誰呢？不管誰整誰，小時候被男生欺負的時候，全世界的人都會告訴我們：「他是喜歡妳才欺負妳的。」這真是我聽過最爛的安慰人的話了。我本人是一輩子都不會愛上小學時欺負我的臭男生，不但不會，我還希望他們全部都被警察杯杯抓去關起來！但本片倒是把這種「欺負情懷」拍得十分曖昧，的確可以安慰到一些正被欺負的女生。前提是，如果欺負妳的人也長得那麼帥，並且也那麼受教的話。

後記：

他是一個很奇妙的人，不管誠品有多大，他都可以輕而易舉的在裡面與我巧遇。每次每次，每次都是這樣。所以後來只要當我說我要去逛誠品，他都不敢也來逛誠品。就怕又是一個巧遇但我卻以為他在跟蹤我！為了我的被迫害妄想症，我想我必須在此向他說聲sorry。

下次
好樣餐廳

只要開會都會約在好樣，因為椅子好坐．咖啡好喝．車子好停．又處處有插座．並可無線上網，　吃飯的時間還會有乳牛出現！

乳牛，一隻有著乳牛花色的流浪貓。老是酷著一張臉，不管露天座的院子裡當時坐了多少熱情叫喚他的人客，他總是只看著那放在台階上的他的碗與水盆，目不斜視地到達、心無旁鶩地吃完、專心一致地洗臉，然後離開。伴隨著周圍人客的一陣陣嘆息聲，就像在機場出現的國際巨星一樣，臉愈臭愈有人愛看。

那禮拜，靠著好樣的咖啡我又度過了好幾個下午，在人多嘴雜的開會時光中，隱約的聽見店裡人的著急。乳牛不見了！大家都說已經兩天都沒見他過來吃飯，怎麼了呢？

過幾天再去，聽見店裡又是突然一陣忙亂，不過卻是大夥開開心心的又是笑又是責罵的。「你跑到哪裡去了？」「你看你，不吃飯瘦了好多喔！」原來是有人找了幾天，終於把乳牛給抓來了。看他那麼瘦，於是決定帶他去看醫生。

乳牛就這樣擺著他的臭臉，一點也無法掙扎的被帶到醫院去了。本想把他好笑的樣子拍下來，才發現相機放在車子上。啊，沒關係，下次吧。

沒有想到乳牛竟然病得那麼重。老闆娘接了從醫院打來的電話後，就一直哭個不停。不斷的對著電話說：「怎麼會這樣……怎麼會這樣……」店裡的溫度驟降，連刺眼的陽光都幫不了忙。

我在院子裡，看著放在我座位旁台階上的乳牛的碗和水盆，碗裡面滿滿的水和餅，只是不知道乳牛還會不會有機會回來把它們吃掉？

「啊，沒關係，下次吧。」原來生命中等不到下次的機率竟如此大。

Back to
夜巴黎大舞廳

最近莫名的懷舊。
車上竟然還播放起范曉萱自言自語時期的CD來，
並緊接在前不久才換上的莫文蔚陰天這張專輯後。
聽得津津有味的我實在不免突然之間冒起冷汗，
什麼時候范曉萱已經成了懷舊的一份子啦天哪！

連雜誌的專訪我都情不自禁選擇了明星咖啡館。
這樣的懷舊完全是某種機緣巧合的就從盧昌明先生的去世開始入侵。
緊接著非常剛好的幾個朋友在夜巴黎大舞廳辦了場Back To Spin Party。

Back to Spin。

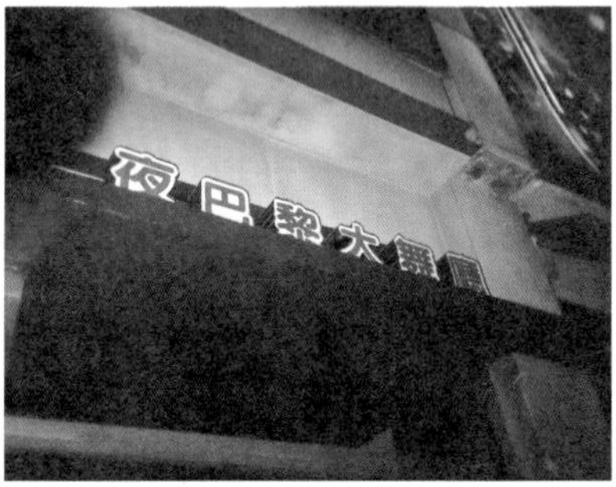

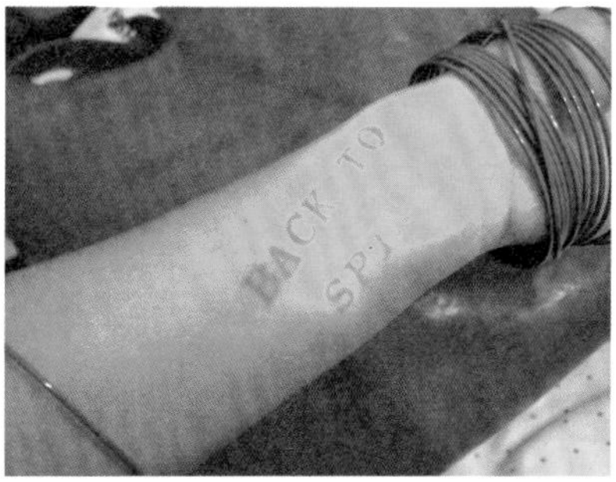

Spin，沒去過。倒是想起了當年的Tu、Alive、Kiss，
還有那間莫名其妙的地下室。
對於那間完全記不得名字的地下室，空蕩的舞池裡，
那一對戴著腳鏈手銬拿著皮鞭的男女，
冷調的隨著冷調的音樂遊蕩著的畫面，
至今依然深深的印在我的腦海與心裡，
甚至連當時室內陰暗潮溼都清晰可聞。

我怎麼會跑到那種地方去真是無解。
只能說摻了青春的勇氣，真正無敵。

夜巴黎的Spin那晚，
從剛入場就有一個平頭老男在舞池中，
自顧自的跳著完全不在拍子上的舞步。
這樣的人當時不管在哪個舞廳都會出現，
我們通稱他們為怪老子（用布袋戲語發音）。

真是懷念的一切啊，

即使是這樣的怪老子也令當晚在夜巴黎的大家會心一笑。

隨著漸夜，隨著DJ Mykal，
我們像小孩耍賴那般用雙腳奮力地跳著。
夜巴黎的整棟樓隨著我們的腳步震動著。
就好像只要繼續這樣齊心合力的跳躍著，
我們就可以在某個Moment，
回到那屬於我們的美好年代。

隔天，聽說當晚在5樓的我們，竟把3樓的天花板震壞了，
這才知道我們是從危樓中死裡逃了生。

「天哪，嚇死人了！」他說。
殊不知當晚正是他帶著跳躍著的雙腳，
緊緊拉住也正在跳躍著的我，
興奮地扯著喉嚨大聲喊叫著：
「妳看，地在震動！」
「真的耶！天哪！」

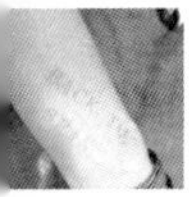

「快跳！我們一起跳垮它！快！」
他的雙眼閃亮亮地就像玻璃彈珠。

彩色的玻璃彈珠，用菸、啤酒與搖滾樂上的色，
然後用童心讓它發光。

是呀，跳，快跳！我們回得去的！
摻了青春的勇氣。無敵！

幸福所在・08

適合自己的那件漂亮衣裳

華山1914創意園區

我是在要寫這篇文的時候，才知道這裡現在的全名「華山1914創意園區」。什麼時候這熟悉的華山已經有了個這麼拗口的名？仔細研究它的官網首頁，才知道1914是它被建造起來的年份。喔，什麼時候華山也有官網了呀。

我承認我很矛盾。想當初在這裡拍電影《惡女列傳》的時候，它還是一片廢墟。廢到我一入夜就不敢一個人待在角落的那麼廢，廢到我連拍照都不敢亂拍，深怕會拍到不想被拍到的飄兒們的那麼廢。廢到我都替它擔心起來：該不會馬上就要被拆掉了吧？

但不是我在說，那個華山，還真有味道。那時候的我，認識了一群會在半夜聚集在華山廢墟裡玩藝術的咖們，那時候的華山是真正最藝術的華山。雖然它的出生並不是為了藝術。

後來的歲月裡，在各式工作中在華山進進出出，特別是後來家裡的寵物都固定在華山旁的寵物醫院檢查與就診，所以華山一直對我來說，是非常熟悉的地方。很開心它後來並沒有被拆掉，反而被保護了起來。漸漸地，漸漸地，變成了今天的這個樣子。

2009年，星波來虎的音樂季上，我與友人們被主辦單位帶到座位區的高處欣賞著歌手的現場演唱。朋友與大老闆聊得愉快，而我，看著這滿滿一大片的人潮，突然間失落感襲來。

這大片的潮流人兒們與第一線的歌手和了不起的聲音軟硬體，就好像一件厲害的不得了的外衣，把我熟悉的華山給穿出了一個新的樣子。很華麗，很時髦，衣服搶眼的程度讓人都見不了它的原本氣質了。它就好像是一個時尚的初學者，正在學習挑選適合自己的服裝。

老實說我並不希望人潮散去。顯然我內心與它一樣是矛盾的。既希望能擁有藝術的本質，又希望它能夠把藝術精神傳達給更多人。兩者之間的平衡點應該是什麼？

音樂季時滿滿人潮的華山。

這裡對我來說，實在是擁有很多美好回憶的地方。當年在這裡拍攝電影《惡女列傳》時的初入這個美好有趣的藝術世界、一直到後來劇場有好多戲借用這裡的倉庫來排戲，那真是每天都來這裡報到呢。以及，真沒想到，後來我竟然還在這裡參加了日本的村上隆geisai藝術季！

現在的華山很豐富、很熱鬧，我雖樂見這樣的豐富與熱鬧，但我同時也很希望它能偶爾安靜下來，思考自己的本質。我想，它總有一天會找到適合自己的那件漂亮衣裳。

當時我們在華山排練莎士比亞的大戲《針鋒對決——奧賽羅》，結果對面的倉庫別的劇團在排他們的戲，劇名竟然是《莎士比亞空愛一場》。

幸福所在·09

最佳轉速

45rpm @安和

你知道我除了25℃的冰拿鐵外，其它地方的咖啡我都不加糖。我也知道你晚上九點以後是不接電話的，因為你喜歡用這樣的方式來享受你的夜。不過簡訊或MSN偶爾可以得到你的同情。

你常常搞消失。其實我知道你根本沒啥神秘的事好做，你只是電話又隨手亂放因此沒帶出門；而我的突然失蹤也逃不出你的手掌心，你知道我也只有那個海邊可以去呆著。

那個颱風天你慌張的到那海邊來找我，即使根本沒風又沒雨並且還陽光普照，但是你的「救命之恩」我是真的挺感動，雖然當時我差點被你笑死。

你買書只到敦化誠品、買音樂只逛法雅客、麥當勞只吃國父紀念館對面那家

的。早上不用鬧鐘就會自己起床，不知道該說什麼的時候就笑。你的肉食主義到了甚至要討厭素食者的地步，但是陪我吃飯正好，就叫一份，你吃肉我吃菜，你吃的比較多，所以你付錢。

我一直沒去剪短頭髮，因為你說我已經夠像男人了。而這麼剛好你也一直留著長髮，我不知道是不是因為我說過長髮的男人好帥。我們都好喜歡45rpm的衣服，只是存錢要存好久。你一直期待著你的紐約行，所以我也偷偷的去辦了美簽。

我工作到太晚你會打電話問我要不要一起吃宵夜、一起看電影你會幫我多帶幾包面紙、當我跟你問完路，你會幫我把地圖都畫好。你心情不好我會假裝要你陪我去唱歌，然後就聽你唱一個晚上的無敵鐵金剛。我在旁看著閃靈，喝著啤酒，一起亂吼亂叫直到夜盡。

好多年了。我們之間的程式已備齊，就如同我們都好喜歡的45rpm除了品牌，也還是唱片最佳轉速。但就是找不到那個Enter鍵。

Where is it ?

幸福所在・10

為什麼不跟一起來的人講話啊？

Café Deon

這是第一次在星期六的下午來到 Café Deon，沒錯果然幾乎坐滿。我選擇了一個沒人要的角落，背對一室的滿滿。陽光消失在室內以前我必需要把這篇雲上滿藍，趕交稿啊！慘。整個下午，人來人往。我在這個背對著大家的小小角落裡，開心的讓滿室的交談娛樂著我閒閒沒事的耳朵。

那個超喜歡說「超～」什麼什麼的女生，
不斷地對所有打來找她的電話，
興奮地說著：
「他送我的那個高菲狗的手機套真是超～可愛的！」
「對呀……超～可愛的。」
「超～可愛的……對呀……」
「真的我跟你講……超～可愛的…對呀……」

她講到我很想去跟她借來看看。
到底是有多「超～可愛」？

另一個戴著棒球帽的男生，
後來跟我一樣選擇了這個沒人要的角落，
於是這滿滿一室又多了一個人陪我背對著大家。
他拿出一些書，再拿出一些筆。
但是接下來的整個下午他都在接那個沒拿出來的行動電話。
鈴鈴鈴～～他在那大袋子裡找著電話，
鈴鈴鈴～～終於找到，講完了他把電話丟回袋子。
鈴鈴鈴～～電話接著響起，
鈴鈴鈴～～他在那大袋子裡找著電話，
鈴鈴鈴～～終於找到，講完了他把電話丟回袋子。
鈴鈴鈴～～電話接著響起。
不斷重覆著。
他的人生在這個下午不斷重覆著以上。
搞到我也好累，後來他大概也累了，

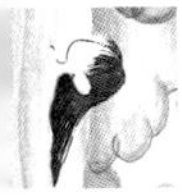

快速地把餐幾口吃掉就快速的離開。
拿出來的筆和書又原封不動地被收進去。
永遠在響的行動電話依然在他袋子裡吵鬧著。

……

後來坐在他那位置上的人比他的行動電話更吵。
那是個大約小一的女生，逼著媽媽要看課本。
那個媽媽也很奇怪，有那麼用功的女兒不懂珍惜，
反而一直不斷地用客家話在講電話。
那個大約小一的女兒就一直在旁邊扭來扭去配上咿咿呀呀的叫聲。
好不容易等她媽掛掉（電話），
她又用更大的咿咿呀呀聲跟她媽說：
「妳不是說要看書的嗎？妳不是說要看書的嗎？」
然後，她媽的電話又響了。
除了她媽的電話，其它的電話也跟她媽的電話一樣響個不停，
或，被撥個不停。
「喂，我在那個對面新開的那家咖啡廳……，對……，你在哪？」

「喂，我在咖啡廳……，就路口那家新開的，你知道嗎？」

「喂，我在看書…，就在書店旁邊那家咖啡廳……，對，新開的……」

「喂，我找到一家咖啡廳，你們要不要過來？」

「喂～」

鈴鈴鈴～～

星期六下午的 Café Deon 2樓，

滿滿一室，只有我的電話沒響過。

天黑了。那個「超～可愛」的女生還在那「超～可愛」著。

畫完了，我要走了。

吵死了，你們。

為什麼不跟一起來的人講話啊？

當時在Café Deon畫的那片藍。

末日@CD CAFFEE

CD CAFFEE

想說無論如何都要來看一下的，
畢竟這是與她的最後一面了啊。
東豐街的CD CAFFEE。

從我初見她之後就一直擔心她遲早會關門大吉的CD CAFFEE，
而這一天終於來到。

這天我整日有事，
但還是低聲下氣的要求充當司機的男友不管怎樣繞一下。
「我想去外帶一杯咖啡。」我說。
其實我想要說的本來是「我想要去跟她道別。」
但他不會懂的。

他怎會懂？連我也不懂我的依依不捨為哪樁。

跟他認識的這兩年來，CD CAFFEE從來不是我們會出現的地方，跟他認識之前的日子，我來過的次數也是一隻手就數得完。

不熟。跟這裡其實一點也不熟。

就像有一種朋友，
每每遇見總會像認識多年的老友一般高興的聊個沒完，
等道了再見才會意猶未盡的跟同行的友人說「其實我跟她一點也不熟。」
但說時還帶著笑。
也會想：以後一定要常常打電話給她，或是約出來喝個下午茶也好。
不過也終究只是想想。
直到下一次的有緣再相見。

比較不堪的另一種相見，
就是從朋友的朋友的朋友口中得知某某天是她的告別式。
「大家一起去送送她吧？」

朋友的朋友的朋友告訴所有可能與她相識的朋友們。

我與CD CAFFEE，就是屬於這一種。

而今天就是她的告別式。

車子才轉過街角，就看見店門口竟然併了三排的臨時停車。看來她的人緣挺不錯。

一進門，遇見范。也是個從來不熟的朋友，不熟到我就看著他正對我笑著的臉，而我卻一點也不知道他是誰的程度。「喔！Hi～」十秒鐘，終於想起他的名字。不過他不是「那種」朋友，應該不是吧。不熟到無法判定。不過我現在沒時間想那些。

點了外帶的冰拿鐵後，我匆匆地找張椅子坐下，我必須趁著老闆煮一杯咖啡的時間，好好的把這裡記下來。沒時間，男朋友在車上等著呢。

想到我第一次來，也是匆匆。那時正在當DJ的我對所有販賣音樂的地方著迷，DJ朋友羅倫佐便帶我來到此。沒地方停車，只好暫停門口。害怕被開單所以匆匆。

再一次是和許久不見的「那種」朋友相約而我遲到，另一個朋友接下來要到醫院探病，於是也匆匆。好像每次都匆匆。不過也沒有下次了。今天是屬於CD CAFFEE的末日，來告別的有好多「個人」，少有結伴的。還有一隻紅毛的狗。想到我對於此的回憶可能比那隻狗都還要少，我突然不知是幸或不。不過再怎麼說，這真是個熱鬧的告別式啊！

咖啡好了沒？走到吧台去詢問，回答我的竟然是坐在吧台的范：「因為咖啡機壞了，所以老闆用手泡的，比較久！」看著老闆胖胖的背影在忙著，我想到我們家要搬家前冰箱也剛好壞掉的事，我說：「好像真的是末日了啊！」他笑了。

付錢時也順便要了張店裡的名片，老闆靦腆的告訴我：「可是，我們今天是最後一天耶……」回答他的竟然是范：「她要拿回去做紀念！」他認真地說。我笑了。原來，他也是「那種」朋友啊！

再見囉　CD CAFFEE。SO LONG，MY FRIEND。

註：後來范演了一些很棒的電影，我們變成了會突然出現在網路上隨意閒聊的那種朋友。

解散

我家咖啡

有一陣子一直窩在那裡。因為那裡有一個半層樓的位置，大小剛好讓我撒野的程度。並且，服務生送上所有的餐點之後就會消失的很徹底，識相的剛好讓我把那裡當成我家的程度。

那裡剛好就叫做「我家咖啡」，在忠孝東路市民大道旁的巷子裡，地點剛好也是可以讓我亂停車的程度。

一切那麼剛好適溫的一個好地方。其實也是我某個時期的工作夥伴們，大家拆夥後又各自重組的一個地方。是一群不需要客套的夥伴。因為不那麼熟，又不那麼不熟。於是這也是一個不需要客套的咖啡廳。

對於我這種人，我承認是難以取悅的。我既尋找著可以讓我固定安身立命的地方，但又不喜歡被當成熟客人招待的感受。我想要可以讓我有熟悉的、安心的感

覺，可以有事沒事都待在那裡，但我不喜歡那種待久了之後，被當成熟人般的噓寒問暖，有時候即使友善的眼神我也不想接受。嚴格說起來，是我討厭取悅這件事情。當我發現我正在被取悅著，我就會離開。

而我同時又希望店家能知道我愛的座位以及咖啡的濃度。人情要多濃，才會剛好合我的味？只有zabu和我家咖啡是最對味的。

但我又同時喜歡發掘新的去處。於是我常常在久久賴在一個地方之後，就會消失。因為我去尋覓新去處了。

離開這裡之前我大概固定窩在這有半年之久，對我來說，是很長的一段時間。那個時候也剛巧在台藝大修電影系的學分，所以常常會到這裡來做電影系的報告。那陣子整個就沈浸在盡情研究電影這門學問上，實在有太多有趣的事情，剛巧也有朋友在找電影劇本，我們聊著聊著，還想要用「我家咖啡」來寫一個電影劇本。

「好啊！很有趣！我們可以試著開始。」幾個朋友很興奮。接著我們各自開了幾次會，動了筆，有了故事。然後我家咖啡的老闆之一，我的前工作夥伴，有一天跟我們說：「『我家』可能要頂讓了。」

我家要頂讓了。是因為房東要漲房租。漲到一個不合理的境界。但：「還在談啦！」她樂觀地笑呵呵。但是劇本的事情因此就停了。

離開那裡的時候，我聽到的消息是他們還會再撐撐看，一邊繼續談判。所以我打包走這個能安慰我心的消息，又尋覓起新的所在。每當內心想念起「我家」，我就拿出這個打包來的消息安慰自己的良心。

有一個晚上，與朋友們在延吉街聚餐。我便把車子停到離餐廳步行大約十五分鐘的「我家咖啡」的附近巷內。對這裡太熟門熟路，知道哪裡可亂停。停好車的時候才突然想起我台藝大電影系與我同修學分的一個同學，他家竟然就在「我家」正對面。他老是說以後我來「我家」就把車停他家門口，沒問題的。可是我一次也沒停過，因為在那之後我就離開「我家」了。

嗯嗯，聚完餐之後順道繞過去「我家」打聲招呼好了！我自己這麼跟自己約定著。聚完餐已經是晚上快要十二點，心裡想著雖然「我家」一定已經打烊了，但還是過去碰碰運氣吧？於是在暗摸摸的巷子裡我走向「我家」。

果然暗摸摸，一點燈都沒有。在黑暗中唯一看得清楚的，是貼在熟悉的木製欄

杆上，那張紅色的紙，上面用黑色的筆凌亂的寫著「租」。

我跨過圍起的繩子，踏上熟悉的木製小陽台。滿地的落葉似乎是留給我的訊息，告訴我：解散了喔。

喔。解散了呢。

我拿起隨身相機，想要打包走這裡最後的樣子。那陽台旁的大門、那通往地下室座位的木門、那些陽台旁的樹、那已經腐朽的欄杆們，我想要通通都帶走。

拍完照才發現原來樓梯上一直有隻黑貓，在暗摸摸的「我家」木製陽台的樓梯上定定的看著這一切。我收起相機，再次跨越圍起的繩子，離開。牠放下心似的閉上眼睛，睡眠。就像是個訊息的守護者，守護著那滿地落葉的訊息，等待下一個突然想回「我家」的過客，然後告訴他們，解散了。

後來好多當時的朋友聊天聊到「我家咖啡」，幾乎都會說上一句：「後來我才知道那裡關門了！」。看來那隻黑貓沒有等到他們。所有應該先知道的事情都後來了，都是這樣的。

藏身處

竇騰璜和張李玉菁中山旗艦店

看了一部好喜歡的電影，馬上去買原著。它們是《刺蝟的優雅》。用典型門房的樣貌來隱藏自己博學的智慧。富家小女孩芭洛瑪在得知一切實情的時後，笑著對貧婦門房荷妮說：「妳找到了一個很棒的藏身處！」

這是電影《刺蝟的優雅》中，十分令我忍不住也報以會心一笑的一幕。這笑，就如小女孩對女門房的笑那般的瞭然於心。

當台灣開始有人關注Blog這玩意兒的時候，我就已經在無名小站開始玩Blog了。那時候只是想要有一個真正屬於自己、毫無外界雜質介入的地方。所以我的Blog完全沒有出現蔡燦得三個字。Blog的名字叫做「殺死小甜甜」，英文名稱是「There is no Candy Candy」（《小甜甜》這部卡通的英文名字叫做《Candy Candy》）

小甜甜，是我小時候看的卡通裡女主角的名字。不知道從什麼時候開始，這個從小在孤兒院長大的小女孩，在台灣變成了「可愛女孩」的代名詞。而我，就是那種被喚做是小甜甜般的女孩。（所以我想殺了她也是不無道理。）

而其實我並沒有想到，當時我的Blog會引起這麼多有趣的討論。

譬如，最常見的留言就是：「那些照片看起來好像藝人蔡燦得喔！」「應該不是，蔡燦得不可能這麼會寫。」「我喜歡這個圖，好有個性喔……」以上．諸如．諸如．諸如此類。

在這麼多年之後的現在，Blog依然進行著，隨著成長換了名字，但不變的是那些在藏身處裡的悠然自得。小甜甜的樣貌是我的藏身處，就如門房的角色是荷妮的藏身處。

我們隱藏，並非是為了討好世界，而是不想被世界討好。所以，我們選擇了對世界來說最無傷的形象，以防被它試圖說服。

妳也有妳的藏身處。

小說與電影裡，說明了何謂刺蝟的優雅：因為刺蝟雖然有刺，但其實牠們是很敏感、脆弱又纖細，十分細緻的動物。所以牠們用尖銳的刺，來掩飾這一切。我的藏身處不像刺蝟，但我不是刺蝟並不代表我沒有刺蝟的優雅。小甜甜女孩如是．「只要我喜歡有什麼不可以」女孩如是．妳亦如是。

電影介紹：

電影《刺蝟的優雅》翻拍自同名小說，作者是法國的哲學教授。書比電影還要厚實許多，但電影能在一個半小時內，把原著精神濃縮得如此完滿，算是十分難得的事了！

主梗是由一個法國富家小女孩開始。她未經世事卻已經覺得生命很荒謬，於是她要在她六月的生日來臨前，做一件「有意義的事」之後，就要自殺。她一直藉由拍片的喃喃自語來反思生命的意義。而這一切當她認識了女門房與日本房客後，漸漸的她終於明白了何謂「生命的意義」與「真正的荒謬」。

由於女門房飽讀詩書與熱愛藝術文化（特別是日本。），所以電影中又有哪個角色把《安娜卡列妮娜》或是小津安二郎在對白中優雅的脫口而出，甚至連貓的名字都取自文學大作的人物時，真的會有種「喔，炫耀什麼啊！」的不爽感。但，這就是本書與本片非常重要的安排。懂得的人就會會心一笑。

當時被邀請當麻豆拍新裝時，留下了裝假人的工作照。好玩！謝謝你啊攝影師學長！

後記：

富家小女孩芭洛瑪在得知一切實情的時後，笑著對貧婦門房荷妮說：「妳找到了一個很棒的藏身處！」，是我非常喜歡的一個篇幅。我喜歡擁有藏身處的人。我喜歡那些低調的孤傲。

這邊介紹一個很具有「刺蝟的優雅」的台灣設計師品牌：STEPHANEDOU CHANGLEEYUGIN 竇騰璜和張李玉菁。

他們的設計就是能讓我盡情耍低調孤傲的其中之一個藏身處。

第一次踏進這裡，是在一次演戲的工作結束之後。

那天，我好累好累。因為那天的工作不太順利，以致於我花了比平常更多的力氣與心，結束之後累到無法馬上直接回家，而是只想開著車到處晃。我腦袋空白的晃呀晃，就把車開進了熟悉的台北光點附近。晃呀晃給我晃進了這裡。

在那之前的我，對國內的時尚品牌毫無興趣，也毫無所知。以為只要是「國內設計師」的服裝，肯定都跟旗袍類脫不了關係。或者要不就莫名華麗的要命。

踏進這裡的那天，我其實穿著十分狼狽。因為剛剛工作完畢累又髒。結果，我買了滿滿整季的服裝，之後，也再也無法抗拒這兒在著裝這件事情上給我的安全感與優越感。

誠心推薦給喜歡耍孤傲的優雅的妳們。

OPEN

相遇電影院

喜歡看電影，以致於「電影院」便成了我生命中很重要的場景。
整理文字的同時，才發現與電影院有關的文字竟然佔了一半之多，
這也才發現，我人生中有那麼多重要的片刻，都是它們在旁陪伴與注視著，
所以，每當有戲院又消失或改建，心裡總是萬般不捨……
回憶還在，他們就都還在。謝謝自己曾經記下那些。你都跟誰去看電影？他們如今在哪呢？

第一次

那夜的中信百貨電影廳

「ㄎㄧㄤ、ㄎㄧㄤ、ㄎㄧㄤ～」

「稀稀～唰唰～稀刷、稀刷～」

磨著菜刀的聲音與那女人蹲在暗處的背影，這麼幾十年了，在我的腦海裡一點也沒有淡去。那是我人生當中的第一部電影，電影的名字叫做《夜夜磨刀的女人》。帶我去的人是我媽，而當時的我，還小的不願一個人乖乖地坐好在一張椅子上。於是整部電影看下來，我都是坐在我媽腿上的。

電影內容我早就忘光光，或應該說，根本就沒看懂過。但是電影裡營造出的那種不懷好意的陰森氛圍，我倒是完完全全的接收到了。那菜刀、那目露兇光的女人、那幽暗的廚房、那單調又刺耳的、不斷重複著的磨菜刀聲音……這一切，想當然的讓我在回家後，連續好幾個夜裡都在惡夢裡醒過來。

怎麼會有媽媽帶這麼小的小孩去看這種電影？看的還是午夜場！這就是我媽。不受控的媽媽。家家有本難念的經的這句話，對應著的應該還會是「人人有個難言的媽」吧？我不知道是不是每一個女兒都是這樣的，但我跟媽媽之間，的確充滿著許多讓人一言難盡的愛恨情愁。

從小我就不喜歡被人說長得像媽媽。偏偏我又真的長得像我媽。看我妹多好！像我那帥氣的爸爸一樣：瘦長的身材、高挺的鼻子、外國人的輪廓……而我媽？圓圓的臉、粗粗的手臂、太細軟的頭髮、虎牙、近視……尤其討厭她那怕東怕西的個性。從我認識她以來，我從來沒看過她願意把自己打扮得漂漂亮亮，然後開開心心地去「從事」一件娛樂的。

當我要帶她去玩，她就會說：「才不要，高速公路好危險！」。那不開車，坐高鐵哩？「要是地震的話，那不就會翻車了！」。她連我坐捷運都會唸：「今天風那麼大，小心風一吹，車廂都會掉下來！」

頭髮白了就嫌自己怎麼比人家看起來老，跟她說大家頭髮都是染的啦，她又不要：「我才不要，染劑有毒。」；帶她去逛街買衣服可以一件衣服要我再回去換個四五次，因為：「在那裡看穿起來比較好看，他們鏡子都有動過手腳的！」；買了有機蔬菜回來給她，她依然要洗菜洗個幾十分鐘：「他們雖然說是有機，但誰知道是不是亂講的。」我說：「那妳幹嘛還要我買有機！我跑很遠，又很貴耶！」，她回：「這樣比較安心啊。」我氣死了：「那妳又說他們是假的！」這樣的對話與事件每天都上演著。簡直是鬼打牆！「妳能不能不要一直烏鴉嘴，都說些不好的事情啊？」我總是這樣埋怨。

大部分的時間，她幾乎都是在家裡看著新聞裡的那些可怕的事件，然後等我們回家之後，一一轉述給我們聽。哪個男朋友殺了女友的媽媽，所以我們交男朋友不要隨便帶回家、哪個人被按摩師按到癱瘓了，所以我們不可以去按摩、哪個車在高速公路被石頭砸爛玻璃，所以我們不要開車上高速公路……

「妳能不能不要一直烏鴉嘴！」又來鬼打牆了。「就算妳一直不出門，在家就不會有事嗎？」通常這句話依然是不能讓她停止她的憂天碎唸。「妳都不出門，就算平安過一輩子，又有什麼意思？」是的，通常這句話也不會有什麼用。我和妹妹常會笑她：「這就是『秀才不出門，能知天下事』的家庭煮婦版最佳詮釋！」

2008年時，我因為很喜歡看電影，而受邀在飛碟電台中，擔任介紹電影的

小時候的家門口。

Guest DJ在那之後，除了自己本來就會到電影院看的電影行程外，常常還得要到處趕著看電影公司的媒體試片。而我也養成了一個習慣，就是把這些媒體試片的媒體公關票，一張張收集起來。當時是一個無心的開始，因為試片真的太多了，為了要提醒自己下一次電台節目的介紹內容有哪些，就會把打算介紹的優先順序，用這些媒體試片的公關票一一排列好。這樣，就不怕會遺漏了該介紹的。久了，就積了好多好多的票。多了，就捨不得丟，慢慢變成了一種收集。

有一天，我又看完一場電影媒體試映，邊離場邊把手中又一張的媒體公關電影票放進包包裡，邊和同行的朋友聊感想：「我以前都不會想看印度電影耶！原來印度歌舞片真的那麼好看啊！難怪我媽以前在馬來西亞那麼愛看！」剎那間，我突然想起了我媽媽在我小的時候，曾經跟我說過的，她年輕時候的故事。

我小的時候老愛纏著媽媽問她以前家裡的事情，因為我媽媽是一個世代都住在馬來西亞的華人，所以她講她以前家裡發生的那些事情，對我來說都好新鮮好有趣！什麼住在甘蔗園旁邊，所以家裡常常有蛇有蜈蚣啦、或是跟印度人打架啦、什麼看到鬼都是印度人的鬼魂等等的，最厲害的是她還是一個電影狂呢！

她說，她年輕的時候，每一天都要看兩三場電影。即使根本沒那麼多片子上映，她還是會到電影院去，看重複的看到都會背了都沒關係。可是她又很窮，買不了那麼多電影票。那怎辦？就到處跟人家交朋友，讓人家請客。或是到處打工，把錢全部拿來看電影。所以她有很多朋友，也打了很多工，也看了很多很多的電影。而且，她還收集每一部電影的海報。整個房間都塞滿了她收集的電影海報。

當時的馬來西亞大部分都是印度人的電影，而她就愛看印度電影。講到印度電影她整個人都飛揚起來，她說，那些印度電影裡面的歌舞有多華麗、那些女人有多美、那些歌有多好聽、故事有多感人……她說，為了看電影這件事，不知道被我外婆打了幾百次，但她就是要看，忍不住的癮頭！後來，二十幾歲，認識了出差到馬來西亞的我爸，一年內就離開家人，嫁到台灣。一住，三十幾年，她再也看不到印度電影了。然後，隔年，我和妹妹連續著出生，她連電影院都沒辦法進去幾次。

我握著手中那張剛剛看的印度電影《寶萊塢雙霸天——如果．愛在寶萊塢》的票，突然笑了。不管我有多不想像我媽，但我還真是像我媽啊。原來我們都是電影狂，也原來我們都在收集電影圖像。

唯一不同的是勇氣。我以為我的愛嚐鮮、愛到處跑、愛冒險，是獨立自主的勇氣，但其實根本不及我媽媽隻身為愛來到台灣的犧牲。這才是勇氣。而這種勇氣，是我這一輩子或許都不會有的。

媽媽她並不是都不出門，而是原來她已經出了好遠好遠好遠的門，從馬來西亞來到了台灣。她為了我們放棄了多少東西我不敢想，我也不知道。但至少我知道，她放棄了她最愛的娛樂：到電影院看電影。

我老是怪她怎麼會在我那麼小的時候，就帶我去看午夜場的《夜夜磨刀的女人》，害我腦子裡一直都有晦暗恐怖的記憶。但我不知道，那天，她是怎樣忙裡偷著閒，才有時間趕去看一部電影？與華麗、歌舞斑斕、浪漫到底的印度歌舞片比起來，《夜夜磨刀的女人》對她來說，晦暗與恐怖的感受不見得比我小吧？或許是她為解癮頭不得不的選擇，因為電影院就在中信百貨公司的樓上，而那離我們家走路只要一條小巷子的距離與時間。重要的是，我爸爸當時在中信百貨公司上班。連難得的偷閒，也掛記著家人。是的，這樣的勇氣，是我這一輩子或許都不會有的。

其實除了磨菜刀的聲音與電影裡那女人蹲在暗處的背影之外，我生命中第一次看電影的記憶，更鮮明印象，是中信百貨公司裡，那空蕩無人的電影院，坐在媽媽腿上的我死命抱住媽媽脖子時候的安全感，以及看完電影後，媽媽牽著我的手，在暗夜中快步通過小巷子回家時候的手心的溫度。

小時候住家的巷子，和媽媽看電影時經過的地方。

跑

金像獎戲院

我是只要進了電影院看電影，就無論如何都會把電影看完的人。除非真的被它搞得睏的不得了，就，只好睡一下。但好像也只有《魔戒二》讓我忍不住做了這麼失禮的事情，因為他們攻城掠地的那段真的打得太久了！樹人又走得那麼慢……

其他的時候不管電影有多麼讓我難以忍受，我最多就只是會在電影院發簡訊或發呆或如果是英文發音的片，我就玩「聽原音不看字幕」的遊戲，看看我到底可以聽懂多少（不然閒著也沒事幹～）。Eddie Murphy2003年的作品《The Haunted Mansion》（中文名稱《幽靈鬼屋》）就讓我從頭到尾都在玩著這個遊戲。而我發現，我竟然整部都聽得懂哩！

記憶裡第一次電影沒看完就從電影院逃走，是和死黨小捷去中興百貨看《The Baby of Macon》（中文名稱《魔法聖嬰》），電影院的名字好像是叫做「金像獎」

吧？那時候的我們超愛到那裡去看電影！尤其是晚上，復興美工的作業畫到一半，沒feel了，不想搞了，在工作室一起作業的大家就會隨即跨上摩托車，二話不說的就殺到中興百貨去，看電影！

中興百貨對當時十七、十八歲的我們來說，真是又正又有氣質的地方。當然，大部分得歸功於那一系列讚爆了的意識形態廣告。看不懂？嘿！這不是看不看得懂的問題好不好，重要的是創作者那種不想和外界溝通的態度，酷啊！

是的，酷，是必須加入在「陽光、空氣、水」裡頭的必要之生存因素。這樣的我們，會選擇去看Peter Greenaway的《The Baby of Macon》當然也是理所當然的一種表態。

但態度歸態度，進了電影院，銀幕裡上演著些什麼，在黑媽媽的空間裡，要酷這件事情別人就也看不到了。姿態就得暫時放在一旁，該做的就是專心的來享受一部電影帶來的快樂。

我是喜歡這部電影的。老實說我看不懂。甚至很多地方我根本就是脫口而出：「這什麼鬼啊？」。但姑且不管劇情，我倒是覺得每一個畫面都有我好愛的病態

中興百貨現在的樣貌。

美。

結果看到一半，我身旁的死黨小捷，吐了。電影正好演到馬廄裡（還是牛棚？）的牛，用角把一旁站著的人的肚子撞爛。她就站起身，摀住嘴，往外衝。然後就近找個空地，吐個稀哩嘩啦！

那個時候我和她到哪都要黏在一起，那當然我也只好放下那些我正看得津津有味的肚破腸流與吃一半的爆米花，跟著她一起跑了。我們一路跑，一路笑。笑到肚子痛了跑不動了，就蹲在地上繼續笑。一直笑了好久好久。

當中興百貨確定倒閉的那個新聞在電視上不斷的被播放著的時候，我的腦中，就不斷的上演著那天我和她的奔跑與停不了的笑。

那是我們高中生活裡的最後一個冬天。之後，我們忙碌著我們的畢製、忙碌著我們選填的下一站的志願、忙碌著我們各自飛的人生。我拍戲、主持節目、代言活動、寫劇本；她結婚、生小孩、再生小孩、又生小孩。原本整個高中三年形影不離的我與她，竟然可以再次見面已經是她小孩兩歲的時候。

中興百貨現在是星聚點KTV了。

高中整整三年，我們連上廁所都要手牽手一起去；我們連各自回到了家，都還可以講兩三個小時的電話的那樣緊密的依附，竟然就因為「畢業」這件事，輕易的說結束就結束。可怕的是我們誰也沒有發覺。

在中興百貨確定倒閉的新聞不斷的在電視上被播放著之前，我與她約了一次下午茶。我們約在倆人住處的中站，位在忠孝東路四段的 COFFEE TREE CAFÉ。在我繞了幾百圈依然沒有免錢車位可停後、在她打了幾百通電話問我店到底在哪之後，我們終於是見到面了。

其實離上次見面……如果是在網際網路上的話，那大概是……昨天吧？

靠著網際網路，我們一直都還是「有聯絡」的　。當我們展開MSN的友單，偶爾會看看對方的暱稱；當我們在FaceBook裡逛著，偶爾會發現對方剛剛玩神來也麻將胡了；當我的Plurk某天跳出她要加我朋友的訊息，我就笑著按下同意交友選項。但我們極少回應對方的發話框。好像彼此都安心在這讓大家都安心的距離。

終於見到面那天，她和我的聊天內容其實我都在MSN暱稱與臉書與噗浪裡都看過了。所以我們只是重複著那些我們早就看過卻沒有回應的事情。雖然我不知道她知不知道我都有去看她的暱稱與臉書與噗浪，就如我也不知道她是不是都有看我的暱稱與臉書與噗浪一樣。

「下次我們去看電影吧？」我們分別的時候這樣約定著。沒多久之後電視上就不斷的放送著中興百貨倒閉了的新聞。而我腦海中不斷出現的，依然是那年冬天我們在金像獎戲院，看電影看到吐的奔跑與停不了的笑。

那時候的我們，怎麼會知道在那樣的奔跑之後，我們竟然再也沒有一起去看過任何一場電影了。那隻因為她當年不得不「棄養」在我家的貓也在2009年底過世。

復興美工的書包換了。是的，中興百貨也倒了。不久前那次的下午茶反而像是曝光過度那般的蒼白。

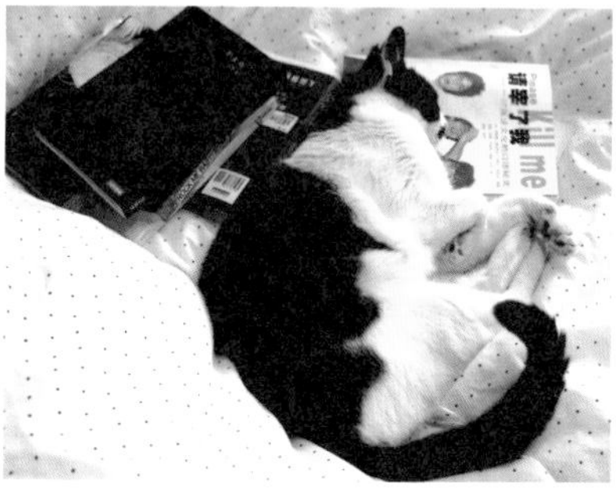

相遇電影院・03

沒有騎著白馬的白馬王子

信義區華納威秀

初次見到他就覺得他真是帥翻了！

長長直直、厚厚的像瀑布一樣的長頭髮+純白T-shirt與破爛牛仔褲，以及那一臉似笑非笑的表情，真的就是我的漫畫中走出來的白馬王子那般！

每個女生都有一本屬於自己的漫畫，是從小，就一筆一畫親自畫上的。每個女生漫畫裡的王子都長得不太一樣。在我的這本漫畫中，王子就是長成這個樣子的。並且，我的王子不騎白馬，也不開名貴跑車。我的王子，一向都是開著改裝車，就像流氓開的那種。而他，就那麼剛好開的正是那種改得亂七八糟，駛過去會因為排氣聲音太大而遭路人瞪視的流氓車。

太誇張了！大家不是說，真正在一起的對象，都會跟自己心目中的白馬王子不

信義威秀旁的巷子。

同嗎？那我的白馬王子怎麼會真的出現在我的戀愛世界中！

除此之外，我漫畫裡的白馬王子基本上如果不是流氓的話，就得要是才子。而他，就剛好是一個兼做導演的攝影師，這下子才子與流氓氣質兼備，整個也太順利了吧！

剛剛開始互有好感的時候，我們都因為工作的關係根本沒有時間可以從事任何與約會相關的娛樂。所有的見面時間都是在拍片現場。每次開工，看到他導戲時候那種時而嚴肅時而玩笑的才子模樣、或是偶爾把攝影師踢開，自己下來拍給攝影師看的那種流氓味，都讓我覺得他真是可愛透了！尤其當他一邊的臉埋在攝影機後面，另一邊的臉被那頭長長的髮蓋住，手提著重重的攝影機，攝下每一個他要的鏡位來的那態勢，更是帥到超越了我的漫畫裡，所能想像出來的白馬王子會做的事情。

每天收工的時候，我都仗著「我是個路痴，不認識路」的好理由，每天都開著車跟在他的車後面，從拍片現場開回市區。這麼長長的一段路就是我覺得最幸福的時光了。

從他選的車子就可以看出來，他真的是一個喜歡飆車的壞市民。但會飆車的男生真的很讓我眼睛亮（各位守法的好市民，是我錯，我先跟你們說聲Sorry～）。他也不會因為我是女生，就先入為主的認為我一定不會開車，而慢慢開給我跟。相反的，他照樣能鑽小路就鑽小路、能超車就超車、能加速就加速。而我，剛好也是一個只要沒有載人，就非常愛亂開車的人（各位守法的好市民，我再次跟你們說聲Sorry～），所以我們每天就這樣一前一後的，用非常不守法的方式開車從片場回到市區，然後在某個即將分道揚鑣的岔路，帥氣地用喇叭說再見。

不知道為什麼，我真的覺得這樣好浪漫啊。終於，我們第一次約會的機會來了。那天劇組放半天假，於是我們就約了去看電影。我們先各自解散，假裝都要回家了。但其實，我們是到電影院去了。

對我這個電影狂來說是這樣的。從約看電影的電影院，就能知道這個人大概的生活品味與個性。譬如那個和我一樣老是到長春戲院看戲的朋友，就是喜歡那裡某種文青的自傲氣質與自由自在的觀影過程。因為那兒人就是少。大部分的時候身旁的座位，不管左或右都會是空的。「聲光效果」比起自由的把東西散著到處亂放，以及愛吃什麼就吃什麼，甚至大部分的時候是愛坐哪就坐哪的快樂，常常還是讓我們寧願選擇實踐「不自由毋寧死」這句格言，而放棄眼睛與耳朵的感官享受。所以

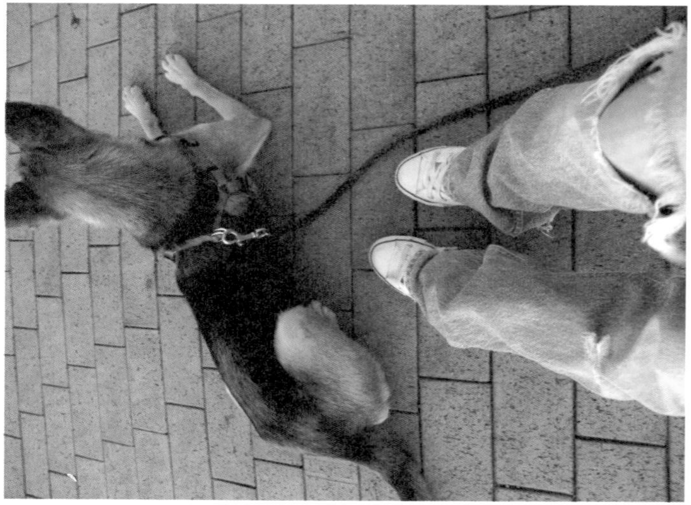

我與他的狗。

像我們這樣的人來說，相對起來，就真的比較自我、固執一些，不太愛來妥協這套。同時也很龜毛、偏執。因為我們比較在意電影本身的好看程度。要拿聲光效果來買通我們，真是門也沒。

而如果選擇到京華城喜滿客影城IMAX看電影的朋友，就是「凡事都想顧到一點」的那種。既想要有除了爆米花以外的食物可以帶進影廳（他們可以帶所有B1在賣的食物，雖然現在有新的政令，但當時只有他們食物種類比較多。），在等待入場的時間還可以去旁邊打打電動、投個籃球。並且，電影票還可以折抵停車費之外，戲院廳又大，可以選擇的座位多，也有IMAX 也有3D。看完電影有興致的話，還可以在出口的影音專櫃挑張原聲帶什麼的哩。真無聊到極點，還可以去自動照相機照張證件照。我有幾個這種朋友，他們喜歡複合式的，所以他們可以不在意每一項其實都不太道地的這件事。譬如，爆米花就真的沒威秀的好吃、停車費其實最多只能抵三個小時、戲院座位太多但螢幕又沒真那麼大之類的。但他們不在意，他們只要「感覺上」有賺到就好。他們對看的電影本身，倒沒多大的意見。所以這樣的朋友乍看難搞，好像什麼都很懂、很在行，但其實很好打發的。

而我與他的第一次看電影約會，我故意讓他選電影院。他二話不說就選了信義威秀（那個時候還叫做華納威秀）。會選擇信義威秀的朋友，就是一個隨和的人。也

就是對什麼事都會選擇比較「保險」的選項。譬如，那裡有很多廳，如果朋友不愛看這部，那就看改另外一部，反正有十幾個廳慢慢選吧。要是想看的電影買不到位子，那就去附近逛個百貨吧。如果連有什麼電影在上映都不知道也沒關係，有電影介紹小本子，大家就在那慢慢挑吧。

但我漫畫裡的白馬王子不是應該是個流氓嗎？他怎麼可以選擇這麼隨和的電影院！好，沒關係，還有一關，就是選電影。看他選什麼片，也就大概知道他是一個什麼樣的人。

那時在上映的片子有我超想看的《8 Women》（《八美圖》）、《Y Tu Mama Tambien》（《你他媽的也是》），以及後來看了才知道爛透了的《貓的報恩》等等，但我還是故意讓他選片。

他選了《Harry Potter and the Chamber of Secrets》（《哈利波特2：消失的密室》）。我的白馬王子不是才子嗎？他怎麼可以看哈利波特!?

懷著驚愕的心情，我與他去看了這部太不適合他的外型看的電影。邊看電影，邊看著餘光裡他帥氣的長髮與破爛牛仔褲，我邊安慰自己說：他一定是因為怕選到

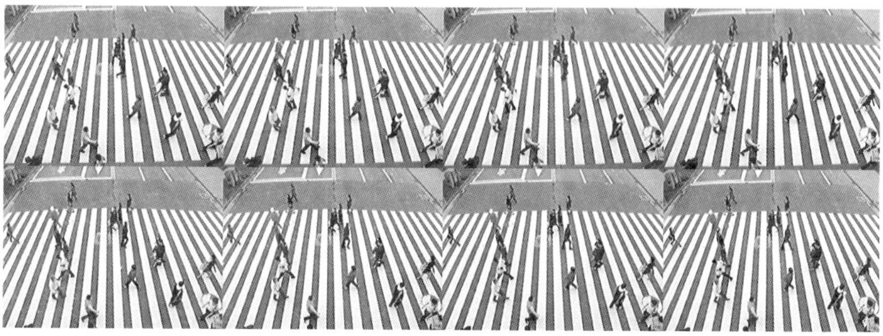

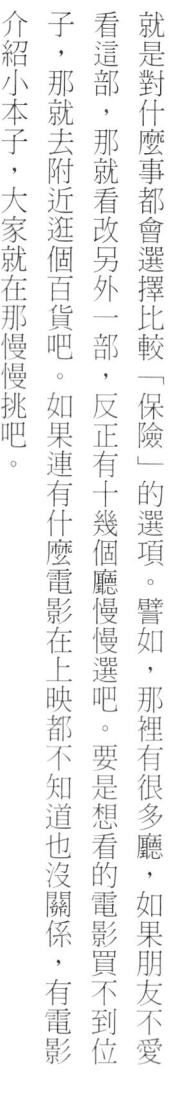

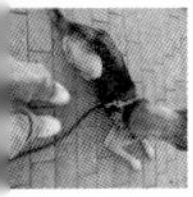

我不喜歡的片，才會這樣打安全牌的……

女人對自己從小就親手畫下的那本漫畫真的很死心踏地，為了保全白馬王子的外型，劇情走向可以隨時更改。雖然後來發現他既不是流氓也非孤傲文青那般的才子之後，我還是跟他在一起了好久好久好久。因為那天看完電影，他和我談論著電影裡的情節時候，講到那火車、那些魔法、那場魁地奇……他的眼睛閃閃發亮，整個人神采飛揚，就像個可愛的小孩，那麼地純真、那麼地善良、那麼的……那麼地令人有安全感。

剎時間我的那本漫畫，劇情走向又更改了……

第32屆金穗獎部落格達人評審經驗

電影資料館

我坐在大會議桌桌角的位置，望著我桌上那被放在透明三角立牌裡的我的名字。「蔡燦得」三個字被這麼正式地公開放著當然並不是第一次，但這次感覺特別不真實。我想，絕對是因為我名牌的正對角，放著的那個名字，是「聞天祥」的關係。

聞天祥耶！我的電影文字偶像！那個我每次看電影前後，都會上網搜尋他的電影文字的我的超級偶像！看著他的文字的我，不只一次讚嘆：怎麼會有人可以這麼客觀又深度的形容與分析一個作品，他懂得的事真的好多好多啊！

所以當我收到由聞天祥老師發來的信，邀請我擔任第三十二屆電影金穗獎的部落格達人評審的時候，我真的下巴都要掉下來。尤其看見他信中說到了關於他邀請的評審們：「這裡面有半數我不認識，單純欣賞他們的電影文字……」

朋友偷拍了我會議時，焦慮的模樣。

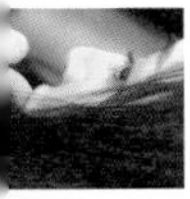

當下我馬上把我部落格裡頭，寫過的電影文章全部找出來，重新審視一遍。其實不用逐字逐句重讀，光看那些有一搭沒一搭的片單，就夠讓我臉紅了。

的確，我真的不是一個很用功在寫電影的影癡。最主要的，是我根本沒有想要像個「影評人」那樣寫電影，因為我從來都沒有想要當一個所謂的影評人。還曾經為了這個頭銜，而堅辭了一個娛樂新聞電影單元的工作。不是不願意當影評人，而是不敢當！

一開始我會在部落格寫電影心得感想，是因為我在飛碟電台的工作。因為好朋友佼佼哥每天下午兩點的節目，需要一個Guest DJ介紹每週的電影，但他又希望這個人是真的有進了電影院看了電影再介紹，而並不是光看著電影的文宣，在那單純的「報告」而已。所以他就找上了我這個電影狂。

又加上之前在台藝大選修了電影系的學分班，養成了看電影做筆記的習慣，所以我想，既然要介紹電影，那必然更要記得仔細，不然憑我的金魚腦，肯定看完了等到了電台要介紹的時候，早就啥都忘光光！

所以我接下了這個電影的Guest DJ的工作後，就更是仔細的每一場電影都會帶著筆記本，好好的把每一個應該記錄的環節記下來。這是屬於我對待工作應盡的責任。

那麼既然都記了，那麼就不如順便整理成文，Po上部落格吧？這是屬於我金牛座的某種「物必盡其用」的性格。

可是又不是每部片都能讓我有Feel發展成文，有些能讓我忍住不出罵字就已經不得了了。除了沒Feel片，有些太有Feel的絕佳之作，我也不敢冒然下筆。等著等著，通常就錯過了時機，有Feel也就等成了沒Feel……這一切累積成了我部落格裡面那些零落的片單。這是屬於我蔡燦得的懶散！

就因為這些需要，所以電影的相關資料對我來說就很重要。因此，有好幾個老師級的影評部落格，與很有觀點的素人電影寫手的部落格，就變成我常常會用來蒐集資訊的地方。

而愈是接觸，愈是閱讀，就愈是覺得影評人真不簡單！絕非隨意批評批評就可以說自己是影評人的。我心目中真正夠格的影評人，除了經典大師系列的電影必須

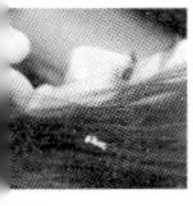

都得懂之外（至少得看過），其他的像是每一個重要的演員、重要的配樂、重要的場景、編劇、攝影、美術……電影裡出現的一切相關都必須說得出個所以然，他們還得略懂每一個地區的地理以及歷史，甚至是政治間的眉角、種族間的衝突……等等，要說得要上知天文，下知地理絕不誇張。

並且，還得盡量地客觀，以免帶入太多個人情緒影響大眾的觀影。要如何寫得客觀又能擁有個人風格呢？這點，個人覺得是最難做到的。綜合以上，所以當娛樂新聞硬是要安個「影評人」三個字為我的頭銜，我真的是不敢當，也不能當！

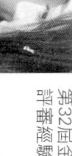

這次在金穗獎的部落格達人評審過程中，除了跟聞天祥老師的共事讓我倍感榮耀之外，其餘六枚和我一起被選為評審的部落客們，其實有些還真的就是我常常會去「竊取」他們電影資料的達人們（譬如Sean、阿達兄、查拉……）。評審的過程聽著他們為自己喜歡的電影拉票的唇槍舌戰，我常常會聽到出了神。姑且不論立場是否相同，但我真的很欽佩他們專業的論點與精神！他們的觀點與口才甚至比許多台面上的影評人要厲害的許多！

如果不論靈性上的歸屬的話，本次評審團只有我一個是女生。第一次開會的時候大家花了一段時間討論了為什麼女生的電影部落客真的比男生少很多。我這才仔細地思考了這個問題。

我發現男生真的比較能理性與有條理地分析作品。看那些男生們寫的電影分析，一大堆舉例、一大堆理論、一大堆辯證，常常讓身為女生的我看得是不知不覺又放空了。但他們這方面的確是令我佩服的。所以自己在寫電影的過程，也曾經想要像他們一樣有無數的舉例、理論、辯證等等。但寫完了，連自己都不想看！因為覺得～好無聊啊！是在寫作業嗎？

男女就是有別，有別並不代表誰就比較厲害。因為這次的評審經驗，我開始試著用女性的角度，寫電影。並且固定在陶晶瑩陶子姊的「姊妹淘」網站發表。那真是一個很恰當的地方！

或許我們會需要非常厲害充滿了理論的影評文，但我們也需要從比較感性的角度出發來「感覺電影」的地方。或許看完電影我們可以在阿達的部落格找到這導演曾經導過什麼獨立製作的電影，並且在哪個獨立獎項裡得過什麼獎，但查完資料我們或許也需要想一想這部電影帶給我們什麼樣的感受與思考。

當唯一一個女生評審，在最後一輪的評審大戰時最感覺無助的，就是「感覺」

會議中……

這兩個字。當我講半天：「那部片用老鼠的垂死尖叫來反映女生的無助與驚恐，『感覺』很驚悚又很恰當又很有創意啊！」「你們覺得不舒服的感受，或許就是導演用來讓觀者有壓力的手法奏效了啊！」。但緊接著的六個男生輪番用理論與舉例與辯證整個就讓我無言，因為我在不知不覺中又放空啦！

各位女生們，如果妳也喜歡看電影，不如隨手把自己的感動記下。有朝一日我們可以讓這個美妙的藝術不單單只能有理論與數據作為好與壞的參考！加油！

註：姊妹淘網站網址 http://www.wo-men.com.tw/index.aspx

看電影的周邊好康

一個人的威秀影城＋喜滿客影城

大部分的時間裡，我都是一個人去看電影的。這完全沒有任何可憐兮兮的自憐成份在，就像我都是一個人去逛街買東西一樣，在家看好了、想好了要買什麼，一個人到賣點，拿了東西、付了錢就閃人，完全不多逛也不囉唆。

看電影也是如此。知道要看什麼片，先查好場次、選好戲院，到了、買票，看完就走。不管是買東西或是選擇電影，過程當中我可以完全省略掉和同伴討論與碎嘴的部份，也避免了因為要互相配合而浪費的時間、與犧牲掉自己真正想要的選項的可能性。是的，連男朋友我也是這樣對待。我這金牛座的女生，在這方面真的很不浪漫。

這樣的習慣從來沒有改變過，即使是午夜場，或是看恐怖片也是比照辦理。而且我從來都沒有想到過，一個女生，自己獨自去看電影會「有危險」，雖然偶爾媽

媽或男友會在耳邊碎碎念。但有一次我真的覺得恐怖極了。

那天在下午兩點的電台工作前，我去趕了一部早場的電影。它是一個被包裝在一個影展當中的其中一部電影，所以演出的場次不是那麼多。我又想要在當天電台節目介紹這個影展，所以即使它是早上十點半的場次，我還是拼了命的趕去。這個影展的名字很誘人，叫做《幽閉恐懼影展》。總共有四部片，來自不同的國家，分別是《惡靈碉堡》、《異形魔種》、《奪魂夜車》與《銀河監獄》。號稱是讓人看了會有窒息感的恐怖片種。

我選擇的是《銀河監獄》。因為它是一部法國導演的片子，而我又那麼愛演法國人（……）。那天到信義威秀的時候已經十點半了，我試著用平常習慣的方式在機器買票，結果因為已經超過開演時間，所以機器買不成，我又匆匆地跑到人工售票口。而那天我才知道，原來早上十點半會有這麼多人到電影院看電影啊！竟然已經排隊排成一條小人龍了！

終於買好票可以進場的時候，已經都開演了十幾分鐘。電影是在一個只有前門進場的小廳放映，因為買票的時候，售票員問我位子想要選擇坐第幾排，我問他：「已經有很多人了嗎？」，他看著我，考慮了半天，吐出兩個字：「還好。」，聽起來好像已經很多人，所以我就放棄選位子，要他幫我選就好。所以進場的時候，我為了怕找位子會擋到別的觀眾，我就請門口收票的工作人員幫忙帶位。他可好，一把我帶進廳內，馬上轉身就走！當我內心OS正要開罵的時候，他已經把門關上了。

就在他關上門的剎那，電影廳內瞬間變暗。伸手不見五指的那種。

通常這種時候我們都只能指望電影畫面趕快演白天的戲，好讓我們這些遲到的觀眾能有一些些的光源找到自己的座位，但，這部片不知道在演什麼，竟然讓我站在那好久好久，都完全沒有光！

剎時我覺得的幽閉恐懼都快要發作了！我只好站在原地望向銀幕，期待它給我一點解脫感。結果整個銀幕都是黑暗的宇宙。無邊無際的黑暗宇宙。無邊無際的黑暗。無邊無際。

就在我考慮要不要乾脆奪門而出好了的當下，我的眼睛已經適應了這莫名其妙的黑。不適應還好，一適應更可怕，因為我發現整個電影院，只有我一個人。只有我一個人站在無邊無際的黑暗中。然後在整個觀影過程，我都一直疑神疑鬼覺得有

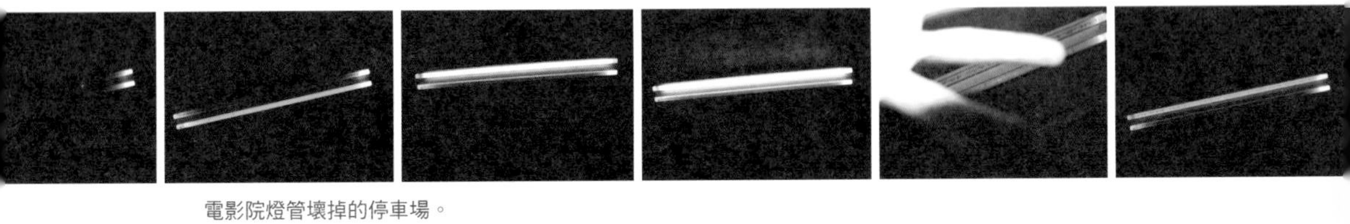

電影院燈管壞掉的停車場。

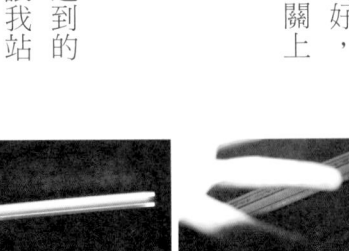

人躲在暗處……

後來看這種冷門恐怖電影，我都會先問：有別的觀眾買票了嗎？因為我再也不要像這樣「一個人」看電影了！

另外也有一次自己看恐怖片，然後被周邊事件給嚇得半死的經驗（後來我都稱這種加碼的情況為電影的「周邊好康」，哈哈，也算是賺到啦！）。那次是在京華城裡面的喜滿客影城，我去看一部「大導演史蒂芬史匹柏說是他此生看過最恐怖的電影」的《Paranormal Activity》（《靈動：鬼影實錄》）。

進場的時候又是只有我一個人，但因為確認過還有其他的同場觀眾，所以倒也是放心大膽的早早坐進去等待。

影廳很大，但觀眾真的小貓兩三隻。我選擇中間走道的位置，右手邊直走就是門。電影整個很是我的Tone，是那種「看不到鬼在哪」的鬼片，屬於只要讓觀眾自己嚇自己就可以成功獲得掌聲的偷懶型鬼片導演法。整部片都是手持攝影機的拍法，故事內容就是男女主角買了台高畫質攝影機，準備要抓纏著女主角的鬼。而我們看到的畫面，就是男女主角互相拍攝的畫面。

喜滿客影城。

電影真的讓我非常毛，尤其是他們花了一整個晚上拍下的睡房畫面。當電影演到第二天，法師來到他們家，問他們到底晚上拍到的什麼畫面，男主角正準備回答的時候，整個電影畫面突然好像被抽色了一般，慢慢的變了顏色。然後，男主角的聲音變了調，從正常的男聲，變成了降8 key，然後再降8 key、再降8 key，轉速變慢，然後整個電影畫面熄滅，整個影廳陷入了黑暗。

全場四位觀眾，沒有人敢動、沒有人敢說話、沒有人敢站起來走到外面跟工作人員說，因為真的太·恐·怖·了！我們僵持在全黑的戲院裡大約只有一分鐘，但這一分鐘的恐懼感足以讓我回味再三。這經驗也讓我知道了人在真正感到恐懼的時候，是不會發出即時的尖叫的。

一個人看電影，所有的情緒都會因為比較能專注而飽滿的感受到，對於想要享受電影本身的影迷們來說，真的並不是一件多麼值得說嘴的大事。但真的遇上諸如以上此類這般的「周邊好康」，真的還是會在剎那間覺得，如果當時有人陪，多好！

相遇電影院．06

三十秒的決定

欣欣大眾影城

其實我真的並不覺得，被異性單獨約去看電影，就一定是對方想要和我「怎麼樣」的表示。因為像我這種一直都比較喜歡自己一個人去看電影的人，有的時候也都還是會因為偶爾的無聊或是感覺，而隨機約朋友。看誰有空，也正好想看我正要去看的電影。有空又要看，就一起看唄！

對我來說，這就是一種很平常的娛樂邀約。而且身邊也有一些這種可以隨機約，就隨機一起看電影的朋友。看完就說再見，連「吃個飯的吧」的客套都不用，多好！

那年，我常常被他約去看電影。像我們這種看電影約人的方式，大部分的時候都不可能會一約就約個一大票，因為我們的重點是看電影，而不是吃喝聊天。所以雖然每一次都是單獨跟他，我也一點都不覺得這有什麼好奇怪的。

他是一個非常妙的人。瘋瘋的，很會打扮，很有才華。除了女人緣外，他也一直營造出一種人緣很好，大家都是他拜把的、或是換帖的兄弟的氛圍。只有真正的朋友們知道，他在朋友圈中根本是大家最不「齒」的那個。（不願多費唇舌聊他的意思。）但我真沒覺得他到底哪裡有問題，甚至還蠻欣賞他這個人那種嗨嗨的、神經兮兮的模樣。

那個時候他老是選在欣欣大眾影城，差不多都約傍晚時分。但他在傍晚時分就已經是全身的黑皮衣破牛仔褲，再加上長頭髮之類的重金屬搖滾Look了。重點是，他又很怕被人家認出來，所以他都還會再加戴副墨鏡。於是，他走在路上，就老是一副在躲避仇家追殺般的瞻前顧後、東看西躲的。有幾次，我們在票口被認出來，售票先生或小姐要我們簽名的時候，他都會在我耳邊一直碎碎唸：「這樣要是有記者（那時候還不太有狗仔文化）看到我們的簽名紙，不就抓到我們倆來看電影了？」所以，「我都故意不簽日期，這樣就沒證據我們是一起來的。」他說。

神經兮兮的人多半都很有才華，很有才華的人多半也很神經兮兮，所以我都把他的神經兮兮當作是他才華的一部份，這樣，我就可以忍住笑。

我們的電影之約持續了好一陣子。會老是答應他的電影之約，是因為周圍願意

看我們倆選擇的電影類型的朋友還真的沒幾個，而那少數的幾個又都不願跟他一起看電影。而且他是那種會在看完電影後，很不懈地硬要跟對方討論出一個所以然來的朋友。在那個時期的我，很喜歡這種辯論式的發表（但現在我真的沒那興致了，畢竟每個人都應該有自己的論點啊，真不知那時的強迫症哪來的～）。我們為了他覺得站在路邊討論會被認出來，所以我們都在他車上討論，回家還會互相在對方網站繼續討論的那種。

那個時候大家玩的是個人網站。比較無法像部落格可以隱藏自己的留言。於是為了他的神經兮兮，我們都還用匿名。那陣子在與他如此這般的腦力激盪之下，倒還真看到了很多電影中，很多好玩的學問（就說他很有才華吧）！

他成了我唯一一個會固定看電影的朋友。互相陪伴到欣欣大眾影城（當時的舊名），看那些沒有人想看的電影，然後花一整個晚上的時間討論。天亮之後，生命裡好像就沒這朋友一樣的各自過各自的生活。直到哪天又有沒人想看的電影上映，我們再約、再到欣欣大眾、再花一個晚上的時間討論。對我來說，這是十分痛快的關係。

結果一切終結在那個娛樂新聞節目裡。那是無線電視台第一次開娛樂新聞，主持人是我。在有線電視台的娛樂新聞競爭如此激烈的狀況下，製作人也決定在開播時，來些特別的內容。於是他邀請了我眾多藝人好友名單中的幾個人，輪流在節目中陪我一起邊玩耍邊介紹當天的娛樂新聞。其中一個就是他。

他來了，很開心，但也很陌生。因為我們其實真的只有在看電影的那塊人生是相熟的。但他非常義氣的來了，這真的讓我十分驚訝與感動。結果就在節目要開錄的前五分鐘，製作人把我叫到一旁，笑笑地問我：「他是不是在追妳啊？」，我說真的沒有，我們真的只是一起看電影的好朋友！但製作人堅持：「沒有想追妳怎麼可能會約妳看電影？」，當然會啊！我們就是這樣的朋友，像我們這種看電影的人你們才不懂啦。哎，哪有時間和心情跟他解釋那麼多？節目都要開始On啦！

「妳等下就在節目裡問他，他是不是在追妳。」製作人在時間只剩下一分鐘的時候跟我這麼交代。「衝衝收視率！」他再交代。

時間只剩下三十秒了。倒數，五、四、三、二……現場導播手一揮，節目開始。友情結束。

如果以現在的我的智慧與反應力，我絕對不可能做出這麼對不起朋友的事情。

即使時間只剩下三十秒。即使節目收視率很重要。即使我也很想對得起一路相挺我的製作人。

想到他那麼怕被和女藝人傳出緋聞到連看電影都神經兮兮的樣子，卻被我這樣「擺一道」，心裡想必十分不好受。後來我的道歉簡訊與網站上匿名的道歉留言，成了我們最後的聯繫。之後好幾次在工作場合見到面，我們就像一般朋友那樣的打招呼與聊天。而互相陪伴看電影的那塊人生，彷彿被我們獨立出來，放在某個地方，有默契的都不再提起。

如果你看到這篇文，我要再一次的跟你說對不起。如果你記得當時的事情，我要再一次跟你說，我真的一點也不覺得你有追過我。而如果你看到這篇文，卻不記得當時的事情，那麼這是給你的密碼：小恩子。

相遇電影院・07

阿傑阿才與阿彩

西門町・中影

那天來見他的人應該真的很多，所以當排在最後一個的我一進到他的辦公室，才跟他打了聲招呼，他就把本來一直在拍著這一切發生的攝影機給關上了。

不但如此，他還很認真地把它收起來，放進袋子裡。

「那，我們就聊聊天吧。」他的建議和我心裡想的剛好一樣。畢竟我也是很怕試鏡時候的攝影機，有種硬要裝熟的感覺，令人不舒服。

但，當一個試鏡的狀況變成是「導演一看到我，就把攝影機收起來」，那肯定是得不到這角色了。畢竟「試鏡本身」並沒有被執行到啊。

結果沒幾天得到消息，導演林靖傑堅持要我演「阿彩」，那個三段式電影中，

《猜手槍》的女主角。

整件事情這一開始的詭異、與拍攝過程的詭異，就與整部電影後來呈現出的詭異一樣，整個有種不受控的姿態，卻也失速地讓人著迷。

《猜手槍》的阿彩，是一個活在社會體制內（就學中）的邊緣少女。「茫然」便是屬於這角色的最精簡的字眼。但當時的蔡燦得，是一個被經紀公司當作偶像的少女明星，以及也是爸爸媽媽眼中，應該要有門禁的好女兒。當時的蔡燦得認為自己一點都不茫然，即使這麼多年後再回想，「以為自己在正途而大步向前走」的人，其實比「感到茫然」更可怕。

阿傑導演到底為何會選到一個跟他劇本裡的女孩完全相反的我來演出「阿彩」這個角色至今是個謎，但是這次的拍攝過程卻大大的改變了我對人生的態度。這，對我來說，為何會影響那麼大，至今，也真是個謎。

我覺得都是因為阿傑與阿才的關係。

阿才飾演劇中資深警察的角色，也是阿傑導演的好朋友。前置作業時，因為經紀人不准我擅自跟除了他以外的工作夥伴聯絡（說是保護我，之類的。），所以阿傑導演都說：「要排戲。」，而我，也很配合的每一次都讓他可以順利地假借排戲之名，帶我去混（經紀人不能跟，因為我工作習慣一向是不愛被跟的）。

混，不是混夜店的混。夜店這玩意兒不是我在說，當時早就混到不想混了。雖然我的經紀人都以為我都乖乖待在家，一如我爸媽以為我都要留在學校趕作業一樣。阿才和阿傑他們混的是特別的，是在那之前與之後我都沒混過的那種，我們混的是生命。不，應該說，是他們混生命。而我看著。

阿傑第一次帶我去看阿才演出的那天，真的是偷偷的。因為是個很臨時的邀約，而我又超想去，所以我們聯手互相騙了那些絕對會阻止我們去的那些人，然後約在表演地見。竟然是在一個路邊的表演呢。而且絕對不是街頭藝人的那種。是就在路上，就在一個大家會經過的地方，阿才和同伴們表演起來了。1999年，那是我第一次見識到何謂行動藝術。

接著我因此認識了很多像阿才這樣的人。其中一個女生，如果這些年來我沒有漸漸變傻，那麼她當時告訴我的名字應該是「寶兒」。她是一個想出現才會出現的人，所以在拍片現場，她總是隨機的出現。但重點是，她也同時是電影裡其中的一個角色，所以還真有好幾次因為她沒有出現，大家就只好拍別一場。

她黑黑、瘦瘦的，身材很有料，但衣服卻永遠布料很少。不是像現在所謂的辣妹那樣精心打扮過的少，她是真的少。少到就像她們家就只有那幾塊小布，然後看她今天出們想要怎樣披掛，就出門了的那樣。

她身上有東一塊、西一塊的刺青，頭髮很爆，不愛穿鞋，在路上走都不穿鞋的。她沒有電話，沒人知道她從哪來與往哪去。可是她性格很開朗，總是哈哈哈大笑的那種。那個時候我十分不能理解怎麼會有這種女生！她不怕危險嗎？她不怕髒嗎？她以後要幹嗎呢？她沒有家人嗎？她以後怎麼辦呢？

一連串的問號是我當時對這群人的唯一心得。雖然我很愛在旁邊看著他們與她們。

跟阿傑與阿才交會的這段人生，大部分的時間裡我們都在西門町的中影公司附近。除了開會、排戲，拍戲的場景也都在西門町的街道上居多。我們常常選擇凌晨時分就定位，避免人潮。而早晨的西門町，「人潮」其實也不少。會有天還沒亮就全身穿戴整齊的阿伯、頭髮捲得閃亮亮穿著大紅晚禮服的阿姨、在垃圾桶裡拿出一個便當就吃起來的年輕人、自己跟自己說話還會被自己的話逗笑的妹妹、以及，穿著各式彩色薄紗佇立人群怎樣都不走的濃妝阿姨。

早晨的西門町就像一個神祕的國度。《猜手槍》也是。

這個國度裡的人很歡迎大家的參與，只是沒有人真正能進得去。資格是生下來的那時就決定好的。是命定的。這個國度裡只有一個規則，那就是，活在當下。他們是我見過真正活在當下的人，他們的生命真的就只有「此時此刻」。

多麼幸運的國度啊。

跟阿傑與阿才交會的這段人生很快就結束了，當時因此片入圍金馬獎的我並沒有得到這個榮耀。記得陳文茜小姐還特別寫了一篇文章讚賞《猜手槍》，並認為導演非常了不起，可以把我這個小甜甜變成吸毒與嗑藥的茫然少女。

看到文章我十分慚愧。因為只有我自己知道該得獎的，應該是我螢幕前的樣子。因為我把小甜甜演得很好。其實。

當時的華山還是廢墟呢。我們在那裡排練與鬼混了好久好久好開心。

相遇電影院・08

世界上最遙遠的距離

中影文化城

在很多年之後，失聯許久的阿傑找到阿得，兩個人在當時已經拆成廢墟了的中影文化城裡的中影公司見了面。之後，阿得寫了這篇文。算是，紀念了與那個國度的曾經相遇。

當時在中影與導演林靖傑合影。

那是個夏天（或其實是個冬天？）
不管
至少記憶中的那段時光
是確實充滿亮亮陽光的
故事的開始很簡單：
從前從前

有一個叫做阿傑的男生
找一個叫做阿得的女生
到中影文化城樓上試鏡
那天阿傑整天都在試鏡
所以等見到阿得的時候
阿傑累了
所以阿傑把試鏡用的V8關了
所以阿得認為得不到角色了
所以阿傑和初次見面的阿得
就在中影的辦公室小房間裡
就著從窗外透進的下午陽光
天南地北的亂聊一通
然後時間差不多了
然後就互道再見了
然後阿得得到了那個角色
那個叫做阿彩的角色

故事的開始很簡單

故事的結束其實也是
簡單到　到底是結束在哪個點上的都無法確定

是結束在電影殺青的那天嗎？
是結束在入圍金馬獎的那天嗎？
是結束在大家開始沒有見面的那天嗎？
還是結束在阿才上天堂的那天？

有結束才有開始
不知道是誰率先說出這句安慰性最高的句子
阿才上天堂了
阿傑和阿得和阿才之間的故事徹底結束了
然後因為這個「徹底結束」
讓阿傑與阿得恢復了連絡

那天阿傑與阿得相約
阿傑又要開拍新電影
但是阿得拒絕了阿傑要給阿得的角色

阿得找了很多的理由
阿傑沒有生氣的樣子
反而還請阿得喝咖啡
就在中影旁的星巴客
阿傑與阿得就像剛認識的那天
就著窗外透進的陽光隨意亂聊
一切那麼熟悉

只是　中影文化城已經只剩下廢墟了
只是　一起拍《惡女列傳》的阿才上天堂了
只是
我沒有讓他知道
當年拍攝「惡女列傳」的過程
改變了我看生命的態度與做法
如果當時沒有遇見阿傑與阿才
現在的我絕對不是讓我如此喜歡的我

只是這樣

在中影旁的咖啡廳亂聊到一半
阿得指給阿傑看對面的檳榔攤
那攤的名字竟然叫做「阿才檳榔」

看來
阿傑與阿得
阿彩與阿才　的故事
並沒有這麼簡單就會結束

相遇電影院·09

電影開場前

音樂人生@信義威秀

還有四個小時。工作比預期的還要早完成，四個小時。下一個行程是一天只在信義威秀演一個場次的紀錄片《音樂人生》，而今天的那一場，時間是晚上九點。

告別了工作夥伴，我慢慢的，用捷運往市府站出發。

進閘門慢慢的、走路慢慢的，下樓選擇乘坐慢慢的手扶梯，iPod裡播放著Fugees的「Fu-Gee-La」，它慢慢的。一切都慢慢。

直到蓄意地錯過了一班車，才發現其實我本來可以先趕一場《New York, I Love You》（中文名稱《紐約我愛你》）。但這是我都已經到了信義威秀才發現的來不及。生命中又多了一筆來不及。

於是我照例在機器裡買票，買了一張《音樂人生》，在機器顯示畫面裡座位圖的配置，讓我驚訝竟然已經有七成的座位是已被購買的。我照例選擇了最後一排最靠走道的位置。還好，照例的，它還在。

本來應該馬上把票放進錢包裡，但天氣實在太冷，手一放進口袋便不想拿出來，票就暫時與我的手一起取個暖。接下來，該去哪呢？離電影開場，還有三個半小時。

好吧，去喝杯咖啡。然後我撐起傘，就著雨，又走回剛剛走來的方向。就與走來的時候一樣，一路上都遇到行人紅燈。站在馬路邊等待，我看著對街四五個手挽著手嘻嘻笑笑的少女們，每一個都高跟涼鞋配上短到內褲邊緣的裙子，那四五雙露在寒流夜裡雨中的腿，醒目到刺眼的狀態。不冷嗎她們？綠燈亮，我與她們擦肩而過。

從信義威秀走向新光三越的星巴客。喔客滿。照例的。那就去信義誠品的吧，反正還有……手機上的時間顯示離電影開場還有三個小時又二十分鐘。是時間過得太慢還是我腳程太快？

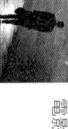

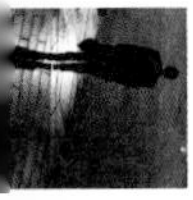

到了星巴客，客人很多。找好了位置，點好了咖啡與餐點，繼續聽著我的Fugees，我站在餐枱前慢慢的等。大家都不斷著急地看時間又看櫃台內，等著店員叫喚那些被做好的咖啡們的主人前來認領。我不急到連耳機都沒摘下來，聽不到叫喚也無所謂，我的咖啡就是會在它該被送到我手上的時候送到我手上，急也沒有用吧各位。真想這樣一一給那些著急的人們開釋。

我拿出手機，加入了看時間等咖啡的行列。這下子整個櫃台邊的人都在看時間了。他們看時間是在趕時間，而我看時間是在拖時間。嗯。

手機時間顯示離電影開場還有兩個小時五十分。看著手機心裡盤算著這下該拿出那本夏宇的《Salsa》讀完還是來把要交給出版社的文章趕完呢？

那先來吃完這盒沙拉再打算吧。我用夏宇的《Salsa》配上雞肉沙拉。就跟Fugees與這寒流的夜晚很配一樣，讓人神遊。是的，我承認，我一個字也沒看進腦袋裡。

沙拉時間結束。咖啡喝了一半。電影開場時間距離現在還有兩個半小時。我拿起咖啡，背起包包，上樓去看看有什麼新書。我用了兩層樓的電扶梯時間，真到了書店區之後，便直直往廁所走去。我並沒有如預計的那般，在書區逛逛。上完廁所，再直接用兩層樓電扶梯的時間下樓。

然後我撐起傘，再度走向信義威秀。又遇上行人紅燈。站在馬路邊等待的我又遇上那群高跟涼鞋配上短到內褲邊緣的裙子，有著醒目到刺眼的腿們的辣妹。我發了簡訊給電台同事：「下午才跟妳聊到現在美眉都不怕冷，現在我就遇到不怕冷的妹！看得我都冷了！」簡訊送出去後我才覺得，莫名耶，明明是她們穿得過少，為什麼冷的是我？

綠燈亮。然後我想起你每次等看電影前都會問我：「妳想要吃什麼？」

我：「吃義大利那家好了。」

你又會說：「不要啦，那家人好多每次都排隊。」

我：「那吃日本那個啊。」

你：「那家上菜好慢，電影會趕不上。」

我：「那你說你要吃什麼啊。」

你：「隨便啊，看妳想要吃什麼啊。」

我突然想念起這總是用臭臉收場的吃東西大論戰。

我：「你怎麼想去哪裡自己都不知道啊。」我老是很不可思議你怎麼會連自己想要去哪都不知道。

但其實沒有了你在身邊，我也不知道自己要去哪裡了。離電影開場，還有兩個小時。陪伴我的，是口袋裡那一人份的《音樂人生》。

是不是同國

影響最大的電影

金士傑老師有天在醉中的聊天裡，突然很嚴肅地問我：「影響妳最大的一部電影是什麼？」我愣了一下，剛剛不是還在聊美食的嗎？可是他很嚴肅的下達了命令：「不准想，要馬上回答的才準！」

「《Eternal Sunshine of the Spotless mind》」我說。我被他嚇到連中文電影名字是什麼都忘記了啦。

這是每一次遇到相同問題的時候，就會在我腦袋中出現的答案。從2004年電影上映至今沒有改變過。不管在那之前或之後我看過多少電影。

好長的一段時間它也被我拿來當作「是不是同國朋友」的測試：「你有看過《王牌冤家》嗎？」

從電影《王牌冤家》得來的靈感所做的紅髮圖。

那些看過的，大部分也證明了的確是同國的好咖。而那些一臉茫然的，也通常都會在我精心介紹後，一臉興奮地撂下一句：「那我也要找來看！」，但事後也都一定會證明，沒有半個真的看了。果然不同國啊。

我一直覺得電影是最厲害的藝術了。它集結了所有參與者的生命哲學。寫劇本的用他的生命哲學在寫，不管他是為了情、為了愛、為了夢、為了錢、或是為了獎。導演也是、演員也是、美術也是、攝影也是、服裝造型也是、以下省略自己填。所有跟一部電影有關的所有人員都是。你以為推攝影機軌道的工作很簡單嗎？不，他們可都是要把演員的每一句台詞、每一個走位、以及，每一區的燈光給記得清清楚楚，並且融入自己的情緒和感動在推的，然後才會得到我們最後看到的鏡頭畫面。

這麼許多人的哲學，最後成就出一部電影，得到觀者的一陣感動或是一句：「這什麼鬼啊？」。憑藉的也是觀者們的生命哲學。好嗨。是不是？用電影測驗出的人格特質與個性或許會比十二星座統計的還要準確。

影響你最大的一部電影是什麼？不准想，要馬上回答！

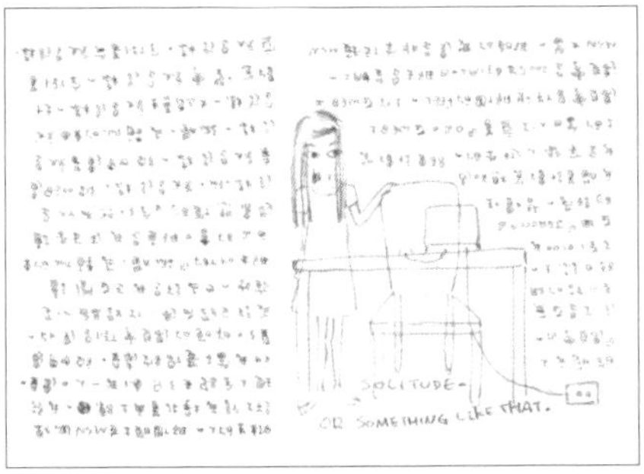

一起變老吧

老戲院．真善美＋長春

老戲院總是能帶給我許多樂趣。我是在老戲院變成老戲院之後才喜歡上老戲院的。所以在它們年輕的時候我愛的只是它們裡面播放的電影，而非戲院本身。

唸書的時候很愛去西門町的真善美，或是長春路上的長春戲院。那彷彿已經是一種對於自身品味的宣示，低調的宣示。就像一回家總是鎖定Sun Movie（春暉電影台）一樣，也就像覺得中興百貨很酷的那樣。

戲院都是自己一個人去，故意不張揚，喜歡的是在踏進電影院那刻的驕傲感。自以為大家都在心裡默默的讚嘆：「哇，她好文人喔！」

回家也是一個人看Sun Movie。偶爾妹妹或媽媽在旁邊想要參與的問東問西：「這什麼片？」「那男的在幹嘛？」「什麼意思啊？」之類的，都會遭到我的白眼

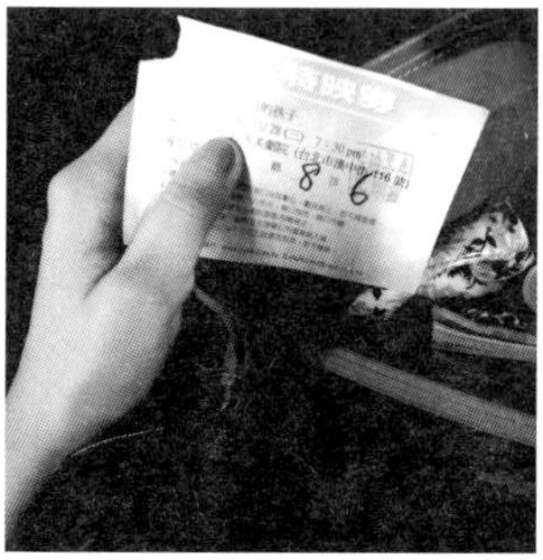

以及用沈默反攻。大部分的時候我並不是要故意不理會她們，而是～天曉得，我也看不懂啊……

才那樣的青春年少，哪吞得了那麼多電影大師的哲學鉅作。充其量只能感謝他們滿足了我努力朝「文青」形象大步走去的快感！

這樣的習慣一直持續著，我的青春小鳥已經漸漸飛離，中興百貨已經被愈發貪婪的世界拔除，但很開心真善美電影院與長春戲院依然佇立著（雖然出版的此時，長春戲院已經易主，但我很開心新主人依然讓它保有該有的樣子！）。

當我已經可以真正欣賞裡頭播放的電影時，我也開始享受著在愈來愈多的先進影城中，屬於他們那獨特的遺世獨立的老學究氣質。

開始在飛碟電台與TVBS的節目介紹電影之後，也開始收到了各家電影公司的試片邀請。每一場電影的媒體試片都為因應片子的類型與需求，而盡量選擇適合的電影院。譬如，看《Avatar》（中文名稱《阿凡達》）的時候，電影公司就選擇在西門町的日新威秀影城，看IMAX 3D版，哇！精彩啊！收到《刺陵》的媒體試片時，讓我興奮的比較是：「赫！在京站威秀耶！」，開心什麼？因為那個時候京站威秀

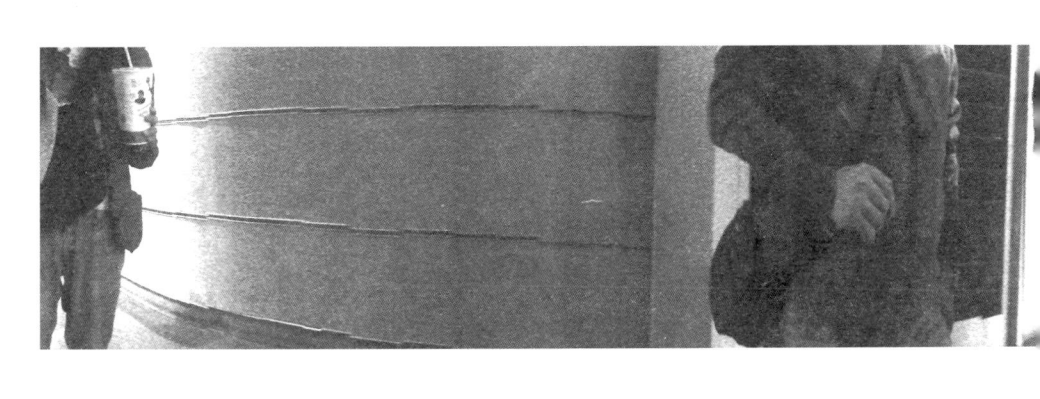

還沒開幕呢。我們可以在京站開幕前，率先進入觀影，多棒！

記得在收到《2012》試片通知的時候，因為文案上寫著播映時間將會是在11月11日的早上11：11分開始，我這無聊鬼就偏要去看看是不是真的會在11：11分那麼準時開始放，結果，大概在11點就開始暗燈、放預告，當正片開始，我看時間，剛剛好是11：11分！

在眾多眩目的花招之中，在真善美戲院辦的試片就顯得特別的樸實可愛。當我在那裡看德國片《November Child》（中文名稱《十一月的孩子》）的時候，開演前，電影公司的老大先對我們做了簡短又感性的開場白，然後當我們以為電影應該要開始了的時候，電影螢幕依然是熄滅的狀態。在開場白的結束後，留出了一段足以失笑的空白。只見電影公司的老大在已經放下麥克風都要回到座位上了，再站起來，拿回麥克風，對著放映室的方向，說：「黃先生，電影可以開始了喔。」然後在各媒體的會心一笑裡，我們欣賞了一部同樣令人心溫暖的好片。

在長春戲院看《Filth & Wisdom》（中文名稱《墮落與智慧》）的那天，是聖誕夜。因為突然發現他們有所謂的聖誕夜特別場，於是在晚上的玩樂局之前，我獨自前往長春戲院看了這場8點多的，由瑪丹娜自編自導的電影。

改裝中的長春戲院外貌。

長春戲院這麼多年來，還是保持著他映前碎念習慣。但他不像威秀影城裡那樣，用可愛的動畫短片方式提醒大家手機關機，而是十分老派的用直式的字幕，大大的輪流分句，投影在螢幕左邊。

先是：本片開始。
再來是：請關手機。
最後，也放得最久的是：請勿吸菸。
通常最後那句話會放到電影都開始播了一陣子後，才會被拿掉。

而《Filth & Wisdom》的第一個畫面，就是男主角點了一根菸，對著鏡頭說話。看著年輕焦慮的男主角邊抽著菸邊講著內心想法，搭上畫面左邊戲院裡那「請勿吸菸」的投影字幕，認識的或不認識的戲院裡的大家都笑成一團，開心的聖誕夜拉開序幕。

他就好像是一個老朋友，陪著我一起變老。為了我與他的曾經年少，特別寫了一篇懷念文收錄在後，希望他能一直好好的，好好的，繼續和我，一起變老！

寫給長春，與那年的我們

那時的長春戲院

每次橫越長春路前往長春戲院看電影的時候，
腦中總是會自動蒙太奇上那十幾歲時我們的樣子。
同樣是橫越著長春路，
同樣是雙手插著口袋，
同樣是拖著腳步慢慢，
同樣掛著那不可一世的文青態度，
與睥睨著那些馬路上的可憐人兒（心裡有時還真是這樣想的）。
如果這個時後可以上字幕的話，
那一行字就會是：你們懂什麼。

懂 什 麼

其實前往的地方也不是多了不起的地方，
即將欣賞的也不見得是多了不起的電影，
仗著青春，
倒也還真敢拋出這了不起的三字：懂·什·麼

隨著每一次的橫越，
歲月也橫越了我們。

現在青春的成份漸漸淡出，
隨之漸漸淡入的叫做世故。
夾雜世故的青春，
前往硬撐的長春，
我·它·時不時會繼續著如此這般自動蒙太奇的老毛病。

改裝中的長春戲院長廊。

當看著我們這等人類，
雙手插著口袋、
慢慢拖著腳步、
臉上掛著睥睨，
橫越著長春路的時候，
它在想什麼（他在想什麼）？
有總是會從記憶中跳出來的人嗎？

會是我嗎？
會有我嗎。

句號

青春電幻物語

「我們分手吧」
到底是疑問句還是肯定句
我等了一會兒
想說對方沒聽見我的回答
應該會再說一次
這樣我就可以再次確認
那到底是一句以什麼標點符號作為結尾的句子
所以我把視線從網拍的畫面移開
想說專心一點免得又沒聽清楚
但
是
電話那頭傳來空白

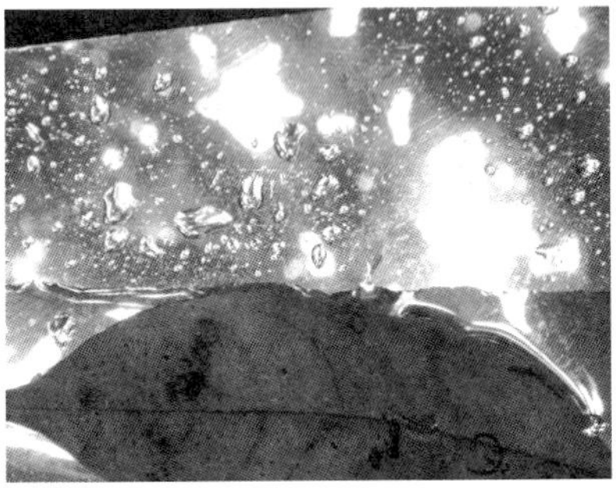

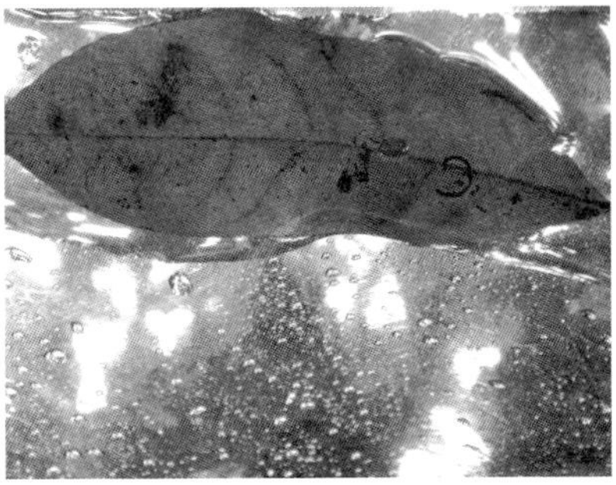

空
白
ING
是真的空白還是我沒有聽清楚
唉好吧
只好把另一隻正聽著・自然捲・的耳機拔下
好我專心等
嗯
空
白
ING
我知道電話還沒掛上
因為我聽到麵店的老板娘正在問他還要不要來盤小菜
「不要　謝謝。」　他說
這次他用了一句很有禮貌的肯定句
但是上一句呢
上一句話到底結尾的標點符號是什麼呢
等了這麼久了他怎麼也不就再說一次呢

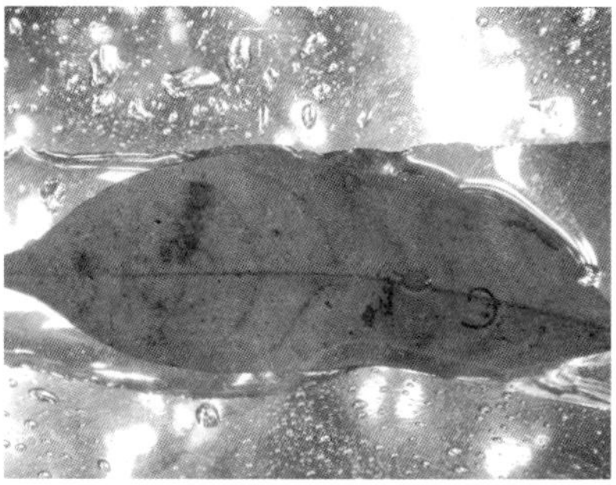

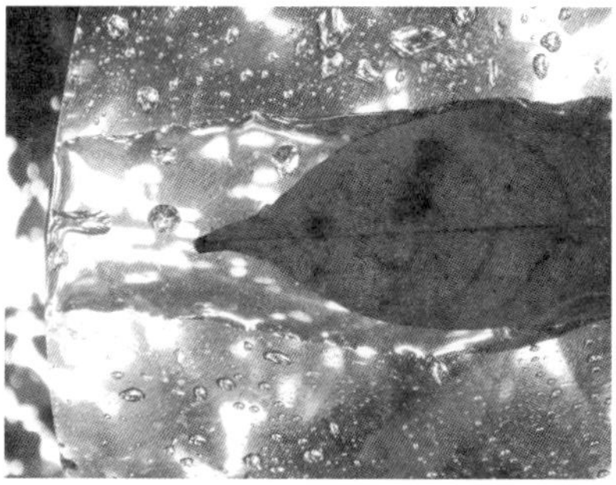

那他怎麼知道一直沒有回話的我這邊到底還在不在線上呢
空
白
ING
啊
DVD
我的DVD還開著
難怪他如此有自信我還在線上
現正播放↓《青春電幻物語》
看了一百次了
連不會談鋼琴的我都快要會彈德布西的曲子了
好　我把畫面關成靜音
免得錯過了他再說一次的時機
我有預感這下子他一定會再說一次
空
白
ING
都這麼安靜了他還不說

真是見鬼了

空

白

ING

那現在是怎樣

非得等我先開口他才會再繼續嗎

這是某種接龍的遊戲嗎

空

白

ING

那　好吧

由於弄不清楚他的那句話

到底是疑問句或是肯定句

我就無法選擇我要回答的話

應該用什麼樣的標點符號做結尾

但既然要來玩接龍遊戲的話

IT`S MY TURN NOW

於是我選擇了一個同樣也聽不出來結尾用的是問號或是句號的字

「喔」

接著

他說

「好　就這樣說定了。」

然後他爽快的掛了電話

這是一個用句號作為結尾的句子

這次我倒是聽得非常清楚。

還是喜歡拿鐵。還是喜歡手寫與繪。

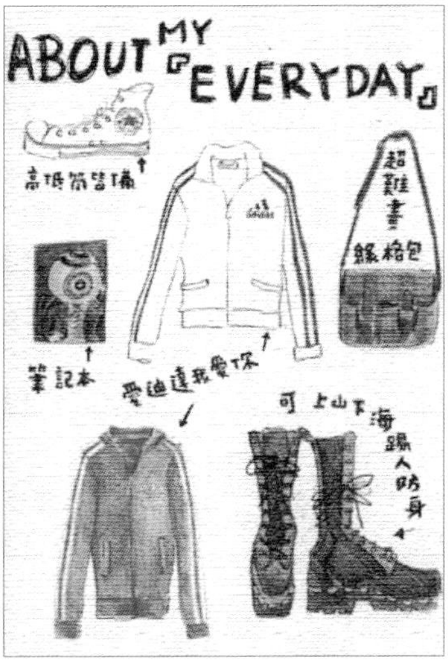

上：About my everyday。蔡燦得畫。
下：紋理。蔡燦得畫。

巷間即景

我們每天經過許許多多巷道，哪一條會在生命裡留下些什麼，誰也不知道。
等到有一天，當我們懂得在城市中駐足，才會驚訝於這些曾經已經讓街景變得如此熟悉。
能在喧鬧中安靜，才會赫然於自己竟然已經經過那麼多。

巷間即景．01

不用表演的生日驚喜

有一陣子我的人生好像倒帶重放一樣，老天爺讓我遇見了前後兩任幾乎完全一模樣的男朋友。

這並非是外表的一模樣，而是兩個人與我之間發生的事情，簡直……，簡直就像是倒帶重放一樣。除此之外，我再也找不到更貼切的形容了。

這兩個彼此間完全不認識、並且外型與個性都完全相反的男生，卻同樣的在與我的第一次約會時，帶我去到了同一個海邊。那個海並不是一個什麼知名的景點，而是對他們來說都有特別回憶的地方。EX說那裡是他悼念愛犬的地方、後來的男生說那裡是他的狗狗最喜歡的海邊。OK，都用狗來騙女孩嗎？當時我這麼想。

後來，他說他終於在網路上標到一條找好久的復刻版Levi's牛仔褲，當他去拿貨的時候，我發現竟然是我曾經送給EX的同款式。然後，後來的男生在認識我之後沒多久就換了新車，巧合的是他換的是與EX和我分開後，換的同一款休旅車。

並且我還發現，他們倆都很會在過馬路的時候掉鞋帶。而且一掉，就會當場停在馬路正中央，蹲下來綁起鞋帶來。

「你幹嘛不綁兩個結？每次都在馬路上綁鞋帶這樣很危險耶！」我不知道跟EX為這件蠢事吵了多少次，每次他都無辜的回我：「綁兩個結很難脫耶！」

當後來的男孩有一天糗糗的在馬路上回應我：「綁兩個結很難脫耶！」的時候，我簡直就要捏我自己了。該不會是做夢吧!?為什麼這一切都那麼的相像！

然後，他們都是看電影會把台北之家的光點電影院當作首選的傢伙。而且都並不覺得愛看那裡的選片是文藝腔的關係。「自由入座很屌。」他又說出了和EX曾經說過的話。

因為自由入座而愛上光點電影院的兩個男人，一前一後出現在我的生命裡，讓我某一段的人生簡直……就像倒帶重放一樣。除此，我找不到更貼切的形容。

我與他認識之後的第一次我的生日，我們先到光點附近的巷弄走走逛逛，然後看完一場電影要回家的時候，他從車子的後座神秘兮兮的笑著拿出一個據他說是挑了老半天的禮物。

「我從兩個月前就到處逛到處找，誰叫妳都不說妳想要什麼！」他一副很擔心自己選的禮物我會不喜歡似的先辯解起來。這倒是讓我很窩心，因為他真的不是一個會逛街的男生，並且我親眼見他的確是從好久以前，就常往各大百貨公司跑，那已經是他所知有賣「禮物」這種品項的唯一地方了。

我心裡當然已經打定主意，看在他那麼用心的份上，等一會禮物打開不管是什麼，我都會用驚喜的反應來鼓勵他。

禮物打開。是一隻嬰兒大小的貓咪娃娃。大貓咪懷抱著一隻小貓咪，就像抱著自己心愛的貓咪布偶那樣的滿足表情。跟EX某年送我的生日禮物，一模一樣。

剎那間我覺得或許馬上就會有人突然從車窗探進頭來，然後大喊一聲：「SURPRISE !!!」，然後終結掉這一切的倒帶。

某天在光點遇見白色馬車，頓時童話了起來。

之所以會那麼驚訝，是因為這並不是一般般會在市面上常常見到的貓咪娃娃。可以說我從來沒在我的逛街人生中看過另外一隻一模樣的。我和EX當時是在台中的某一條小巷子裡面的小店裡，發現這個娃娃。而且有大中小三種不同的尺寸，當時我覺得一個貓咪娃娃要賣這種價錢，真是太貴了，所以就沒買。沒想到變成當年的生日禮物。那時真的又驚又喜，很開心對方的用心。

而現在，離台中好遠的台北中山北路的巷子內，這傢伙到底是在哪裡找到這玩意兒來嚇我的啊！一模一樣，連尺寸也是一模一樣！

「怎麼了？不喜歡嗎？」他開始小著急。

「我真的找很久，我也不知道妳缺什麼，又不能亂買……」他一直講一直講，我只記得我後來一直笑一直笑，預設中要表演的「又驚又喜」整個大失敗，變成了大笑場的演出。

而他終究不知道我當時到底在笑什麼。

數到七

《壹》

醫生說她大概再一個禮拜就差不多了。

這是在十五分鐘內，他說的唯一一句白話文。

「那怎麼辦？」

這是在十五分鐘內，我能說出的唯一一句話。

安樂死，或是每天打點滴。

這是醫生給我選的兩條路。

我和媽媽討論了之後選擇了後者。

因為不想讓她最後的生命是在醫院的籠子裡渡過的，

所以從今天開始，

我每天早上要帶她到醫院打點滴，下午再把她帶回家。

因為必須讓藥物來代替她已經罷工的腎臟和肝臟。

於是，

我開始紀錄著，

愛咪．的死亡之旅。

會不會數到七我真的不知道。

Saturday, November 13.

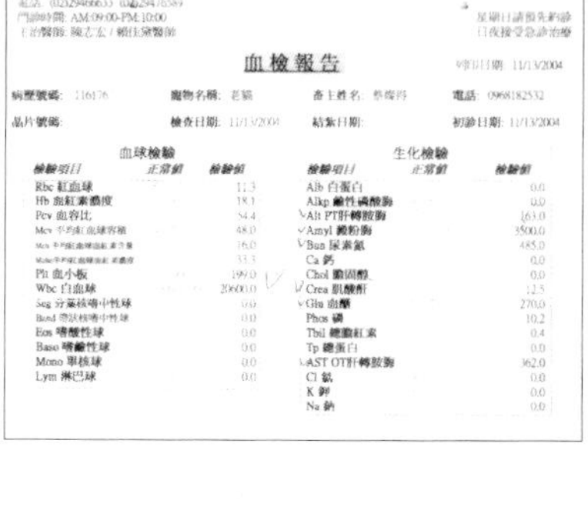

門診時間: AM:09:00-PM:10:00

血檢報告

檢查日期: 11/13/2004　初診日期: 11/13/2004

血球檢驗 檢驗項目	正常值	檢驗值	生化檢驗 檢驗項目	正常值	檢驗值
Rbc 紅血球		11.3	Alb 白蛋白		0.0
Hb 血紅素濃度		18.1	Alkp 鹼性磷酸酶		0.0
Pcv 血容比		54.4	Alt PT肝轉胺酶		163.0
Mcv 平均紅血球容積		48.0	Amyl 澱粉酶		3500.0
[illegible]		16.0	Bun 尿素氮		485.0
[illegible]		33.3	Ca 鈣		0.0
Plt 血小板		199.0	Chol 膽固醇		0.0
Wbc 白血球		20600.0	Crea 肌酸酐		12.5
Seg 分葉核嗜中性球		0.0	Glu 血糖		270.0
Band 帶狀核嗜中性球		0.0	Phos 磷		10.2
Eos 嗜酸性球		0.0	Tbil 總膽紅素		0.4
Baso 嗜鹼性球		0.0	Tp 總蛋白		0.0
Mono 單核球		0.0	AST OT肝轉胺酶		362.0
Lym 淋巴球		0.0	Cl 氯		0.0
			K 鉀		0.0
			Na 鈉		0.0

愛咪的檢驗報告。

《貳》

媽媽一早就在那邊一直唸，
唸唸唸，唸不停。
不斷重複著的大意是說，
要是「我」能早點帶她去檢查就好了。

我很氣，
我知道她在意的是什麼。
好好的一隻貓，怎麼會在她出國的這一個禮拜就突然重病呢？
換做是誰，都會怪罪唯一看家的那個倒楣鬼。
是的，那就是「我」。

「但是她看起來真的跟平常沒兩樣啊！」
「她真的只有兩天不太吃飯，我就帶她去看醫生了！」
「我又要工作，又要做家事……！」
「我怎麼可能一天24小時每一分鐘都跟在每一隻貓的後面，紀錄她們吃多少，拉多少？」
「醫生說她真的太老了啊！器官衰竭是免不了的！」

沒有用。
不管我說什麼都不會有用的。
我知道，我已經變成害死愛咪的兇手了。
不管是誰都會這麼想的。
當然，我也是。

愛咪是我十三歲那年，
爸爸從流浪動物之家領養出來，送給我的生日禮物。
我永遠不會忘記那天在河濱公園，
爸爸遠遠的走來，
手上提著一個藍色鐵籠子的畫面。

那天是個太陽天，
爸爸背著陽光走來，
逆光把爸爸變模糊了，
手上的藍色籠子也模糊了，
裡面的貓咪形態也模糊了。

但是爸爸的笑容不知為什麼這樣深刻的印在我的腦子裡。

爸爸是個很討厭動物的人，但是他卻送我一隻貓。
那時漫畫《雙星奇緣》正流行，
所以我用漫畫裡的名字，叫她「愛咪」。

之後這些年，
我們搬家又搬家，又搬家……
接著收留了流浪貓Migo，
某年生日獲贈了白色波斯貓寶寶，
又在貓醫院收留了另外一隻流浪貓格格，
接著又得到了折耳貓阿發。
期間養過兩隻狗，也送走了兩隻狗。
還養死了一些兔子、幾隻老鼠、魚、跟烏龜，還有鳥。
日子吵吵鬧鬧。
只有愛咪的安靜沒有改變。
她始終是安靜乖巧的跟著我們。

今天，
媽媽決定要把愛咪轉到別的動物醫院再試試看。
一路上，
媽媽坐在副駕駛座，
她抱著愛咪的籠子，
一路上一直跟籠子裡那手上還插著軟針的愛咪說話。
話的內容聽得我非常刺耳。

懶得再辯解的我就猛踩油門發洩我的不滿。

車子裡充滿著媽媽的叨唸聲、飛碟電台的音樂聲，還有愛咪的喵喵聲。

我知道她怕。

但就是不知道她是怕車子開太快，還是怕她即將離開我們。

Sunday, November 14.

《參》

早上八點半。

「喂~我是動物醫院X醫師！」

「啊……」接電話的我腦子一片空白。

「愛咪走了喔」

「啊……」

「什麼？」

「什麼時候？」

「……喔，好。」……

「我馬上過去」

但今天中午有通告，

妹妹還在日本渡假，

媽媽要看著生病的爸爸，

所以今天只好讓愛咪在醫院再住一天。

到了下午，

當我終於到達醫院時，

愛咪已經變成骨灰了。

我的愛咪已經變成灰了。

我的愛咪已經不再毛茸茸的了。

很奇怪。

這整件事情都很奇怪。

Monday, November 15.

《肆》

今天還是有通告。
通告結束可以去機場接妹妹，
她今天從日本渡假結束回來。
看看時間還早，
決定先繞到醫院把愛咪帶回家。
就在到醫院前，
這麼剛好有人告訴我貓的骨灰最好不要拿回家，
雖然我很不信邪的還是到醫院去了。
但是醫師卻不在。
是不是愛咪在冥冥中保護著我們？
今天愛咪又得住在醫院了。

不知道為什麼，
我突然想到如果換作是我，我一定會很不爽。

Tuesday, November 16.

《伍》

我的腦子裡一直都是愛咪在藍色的籠子裡面，
被媽媽抱著，坐在我車上副駕駛座時的畫面。
那天我很生氣，
氣到懶得轉頭看向媽媽那一面。
只是眼角的餘光一直看到媽媽身上的那個藍色的籠子，
還有籠子裡面的愛咪。
那天陽光很大，射進車子裡面，也射進愛咪那藍色半透明的塑膠籠子裡。
陽光把籠子變模糊了。
半透明的藍色籠子把愛咪變模糊了。
沒有想到這竟是我見她的最後一面。

怎麼這麼剛好她也是像我們初時見面時那樣，是在藍色的籠子裡？

Wednesday, November 17.

《陸》

《柒》

接下來的日子，
我開始對我週遭的生命體都很好。
我們家剩下的四隻貓、兩隻烏龜，
男朋友家那隻過動流浪欠揍小狗，
應該都頓時有彷彿置身天堂的感覺吧。
我不再因為怕他們掉毛所以不讓他們睡在我的被子裡、
我不再因為他們會亂翻而把他們趕下書桌、
我不再大吼大罵那隻欠揍狗、
把烏龜放到水盆裡游泳時也不再用丟的。
因為我深切的感受到生命的短暫，
以及這短暫生命的可貴。
還有什麼事情比陪伴一個生命一段時間更重要？

真的是緣份啊。

因為我們都不想錯過告別愛咪的這重要的一刻，
所以當我們一家三口好不容易可以湊在一起時，
已經是愛咪上天堂後的第八天。
那天生病了的爸爸狀況還不錯，
我跟媽媽、妹妹，便一起把愛咪帶到可以埋葬動物的公園。
我們打算找個適當的角落，
然後把愛咪放到我們選中的大樹底下。
我們還帶了相機，
想要幫愛咪跟我們做個最後的留念。
結果，
適當的角落找到了，
適當的角落中的適當的樹也選好了，

照相機也拿出來了，
結果，
愛咪的骨灰罈竟然打不開！
怎樣都打不開。
打電話問了醫生才知道那是用熱熔膠黏住的，
真的要打開，得要用刀子割，才能夠割得開。
刀子……
好吧，我跟妹妹就到公園旁的便利商店去買美工刀。
但我們到底在這偌大的公園裡的哪個角落？
出口到底在哪？便利商店又在哪？
於是我跟妹妹決定選好一個方向就直走，
只要一直走，總是會有走出去的一天吧！
就這樣，我們一直走。
走了好久好久，
總算是找到了門，也看到了便利商店。
就在好不容易找到便利商店的時候，
我們才知道剛剛走的其實完全是相反的方向。

也就是說，
如果我們剛剛出發的時候是往另一邊出發的話，
我們不用走幾分鐘就會到了！
我們買好刀子，
也走回去找到了在那適當的角落的適當的樹旁邊的椅子上吹著冷風等著我們的媽媽，
已經用去好多時間了。
偏偏那把瘦弱的美工刀切了半天，
又還是切不開那骨灰罈的蓋子旁的熱熔膠。
我們只好再帶著愛咪的骨灰罈，
跑去動物醫院找那醫生幫我們開。
沒想到他竟然沒開過這種東西！
等他打電話問到打開的方法，
等我們又再度回到公園那個適當的角落裡的那顆

適當的樹旁邊的時候，
天已經完全黑了。

「我們不是要帶愛咪來曬太陽的嗎……？」妹妹說。

我們一直笑一直笑，笑到停不下來。

這件原本我們預設為應該非常浪漫又莊嚴的下葬儀式，
就在這樣一個與預期中完全相反的狀態下做了Ending。

我突然想到，
或許愛咪其實跟我一樣，
在不爽了吧？

Saturday, November 20.

愛咪

會嗎會嗎？

被他送回家的路上，
突然想到這個假設。
便問他：
「如果讓你的戀愛重來一次，而且你可以從交過的所有女朋友中選出一些人，那你會選我嗎？」

這麼好應付的問題他竟然支支吾吾囉哩囉唆聽得我心都涼了好幾半。
他的理由是，
這些人缺點在哪他都知道了，
哪還會再選一次？
要就選一個全新的啊。

所以這就是沒打算要跟我過一輩子的意思囉!?是吧!?

我十分沒面子又火大又失望又沮喪又想要弄個清清楚楚明明白白。

「其實換作妳，妳也不會選我啊。」
他認真的拋下一個肯定句。

這麼好應付的問題，
該我支支吾吾囉哩囉唆回答得我剩下的那幾半的心都全部涼光光了。

還好我家近，
Kiss bye X See u !

我們應該都同時明白了一些什麼吧。
也知道了我們會一直這樣下去直到我們都知道再也無法繼續了為止。

我們都是同樣的人。
遇到了就是遇到了，

該在一起就在一起，
該滾蛋那就滾蛋吧。
愛不愛已經愈來愈不是個問題了。

這樣的人，就配擁有這樣的愛情。

再多的海誓山盟前世今生死去活來，
也只會被我們過成說道理誓師大會。
我們甚至連愛情小說都不再看了哪。

喔。愛．情

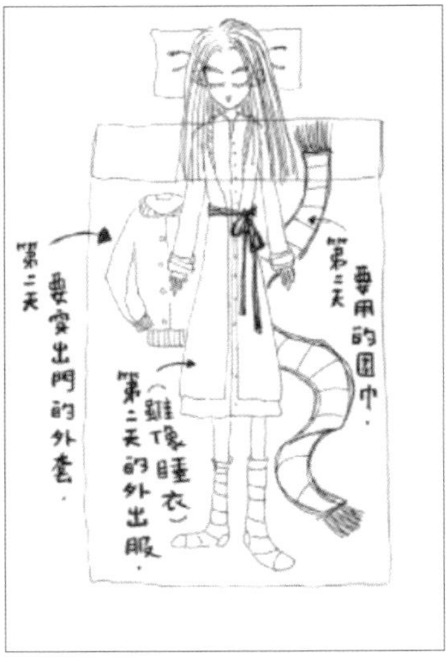

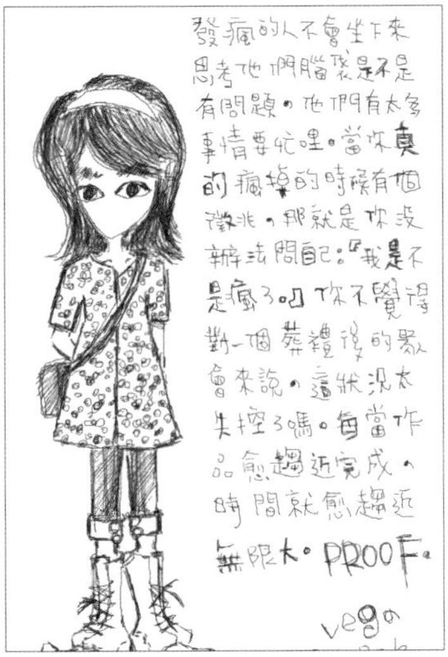

上：窮人禦寒法。
下：看完舞台劇《Proof》有感而畫下。

變

那一天我去看《擁抱大白熊》，
那是王小棣老師的電影作品。

那天的首映，
很多曾經跟老師工作過的人都去捧場了，
所以那天的老師很忙很忙。

那天我看到了好多隻大白熊，
還有老師身旁的許多我不認識的人，
以及站在角落的許多好久以前認識的人。
那天因為人太多，
所以那天我也站在角落，
變成其中一個好久以前認識的人。

當我把自己變成了一個好久以前認識的人之後，
我才發現我不會變成那個好久以前認識的人了。
所以，
那天的我，
站在有許多好久以前認識的人的角落裡，
變成了一個我不認識的人。

那天人好多，
所以那天的我好寂寞。
《擁抱大白熊》剛好也是一部好寂寞的電影，
所以那天我哭得好傷心。

那天之後，
我把心裡的某些東西打包了起來，
放在那個好久以前認識的角落裡。
我知道，
那些曾經，
已經一去不回了。

巷間即景・05

點一份安靜

星巴客的最後一夜

談完工作，
比預計花了更多時間，
所以匆匆趕至一旁熟悉巷內的STARBUCKS，
希望可以完成邊喝熱Mocha邊看書的心願。

在櫃台Order。
「蔡小姐請問需要些什麼？」
我視線移向服務生身後牆上的Menu，
同時心裡想著熱Mocha，
右手忙著回電。
然後我視線移向服務生，
心裡想著我本來就要喝熱Mocha幹嘛還要看Menu。

左手掏出皮包裡的儲值卡，
右手中的電話無人接聽。
我給了一個如常的微笑：
「大杯熱Mocha不要奶油，謝謝。」
希望這位可愛的女孩不要覺得我的笑容太制式。

如常的微笑中，
右手換撥給下一個未接來電，
左手接回發票及儲值卡，
腳步移向咖啡待領區，
「謝謝。」微笑中我把視線移向落地窗外那熟悉的巷。

下雨了。

都已經才12°C的台北下雨了。
右手撥著的電話再次回應我是插播的同時，
左手終於握住期待許久的熱Mocha。
透過紙杯外的防熱厚紙板，

我沒有握到預期中的溫度。

「小姐請問需要些什麼？」

櫃台後服務生親切的招待下一位來店者。

我把電話丟進包裡，

拿著手中的熱Mocha，

走向窗旁座位。

我需要安靜片刻。

這次我不需要看Menu。

巷間即景・06

那是多久之前的事情了？

車上一個不小心，
竟然聽到梁靜茹的《接受》，
而且竟然還把整首聽完。
於是馬上把Power關掉，
就怕那不識相的DJ又丟出一些不該在晚上被聽到的歌。

但是那突然來的靜默卻又讓我不小心的想到那首，
你送給我的歌。

那首優美得很淒涼的歌。
那首我才聽前奏就愛上的歌。

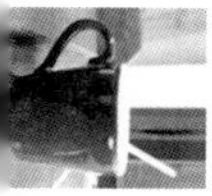

哇，那都是多久之前的事情了。

那是一段多麼美好的時光。
我在當DJ，
你在玩音樂。
你總是帶來一大堆那個誰的朋友的朋友獨立製作的什麼的冷門專輯逼我播放。
然後總會把車子就大剌剌暫停在中正紀念堂那根本不應該停車的路邊空地旁，
大聲的把所有的推薦曲一首首播放給我聽縱然夜深我早就睏得要死好想回家。

你講了那麼多專輯，
我就只播過那首歌，
那首我認定是你送給我的歌。

都是今晚那不識相的DJ害我想起，

但那首歌呢？
我收到哪了？

回到家我開始尋找那首歌的CD，
花了好久的時間才把它翻找出來。
但，終於拿著它的我，
竟然忘了你送給我的歌到底是曲目中的哪一首。

整張專輯我一首首的找，
每一首都像是初次見面。
從第一個音符直到最後，
我笑了。

這張你當時強力推薦的專輯，
我竟然現在才把它整張聽完。
而那首我擅自當做是你送給我的歌，
我卻一直沒有認出它。

我想，
是你把它收回去了吧，畢竟都已經那麼久了。

巷間即景·07

什麼樣子？

姊妹們看完電影《Whip It！》（《飆速青春》註）之後，大家嘰嘰咂咂七嘴八舌的搶著發表感想，顯然大家都被這部「女力」十足的電影所振奮到了。

都已經2010年了，是的，我們還是好需要這麼一部鼓勵女生向前走的電影。不單單是沙豬的問題了，現在，是選美的問題。

都已經2010年了，是的，我們還是活在一個「選美」的環境中。就像電影裡的那個德州小鎮那般，所有的家長，都期待著自己的女兒可以成為各種選美項目中的第一名；所有的小女生，也都希望自己長大後可以當選美國小姐一樣，每一個女生，她們不管（管不了？）自己長什麼樣、喜歡怎樣的打扮、喜歡什麼樣的說話方式，反正，她們就是得變成最符合那個選美項目中的模樣，反正，她們就是要當「大家都認為」最漂亮的那個。

（是的，重點是「大家都認為」，而非「最漂亮的那個」。）

都2010年了。

走在路上，每一個女生都好漂亮。緊身上衣、緊身短裙、緊身牛仔褲，然後聽說今年冬天流行過膝靴？喔是的，每個人便人腳一雙過膝靴，不管她小腿塞進去後靴身有多繃。加上瀏海、睫毛、放大片。喔是的，這是當今的「女生三寶」。也是女生三「保」。沒這些，就保證出不了門、見不了人了！

每一個女生都漂亮。每一個女生都一個樣。

我不懂為什麼每一個女生都花那麼多的時間與金錢把自己打扮得和其他的女生一模一樣。

電影裡的女主角她不願意像別人一樣。她會在不得不去參加的選美活動中，把頭髮染成藍色的、她會在被媽媽帶上街去為下一次的選美治裝的時候，為自己買雙真正喜歡的二手靴，然後對著媽媽說：「我自己有賺錢，我可以買我自己喜歡的東西！」

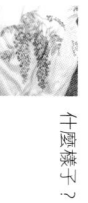

都2010年了。會自己賺錢的女生很多，她們買的都是自己喜歡的東西。可是她們可能不知道自己真正喜歡的是什麼，或不認為自己喜歡的是「對」的。

但是電影裡的女主角，她知道自己喜歡的是什麼。所以當她穿著二手店裡買來的那些印著搖滾樂團肖像的二手大T-shirt，再配上寬大的過膝裙，穿上平底寬筒靴的時候，或許她絕對不會是大眾眼裡認同的最漂亮的那個，但是她的姿態卻是最理所當然的。

這種不討好誰的膽識，是這部電影最迷人的地方。

導演Drew Barrymore（茱兒芭莉摩）把這麼一部青春Girl Power片拍得很有自己的風格：有點吊兒郎噹的、玩世不恭的、似笑非笑的姿態。處理各關係的方式一針見血的犀利，卻又伴隨著溫馨、細膩，並逗趣可愛。

那些穿著輪鞋、身上有著刺青的女人們，在德州的小鎮裡讓自己活得獨特又驕傲。

然後2010年的台北街頭，女生們花了大把的時間與金錢把自己打扮得和別的女生一模一樣。

當一個人連瞳孔都可以是假的的時候，當一個人的意義在哪裡呢？

回到家，面對鏡子，把假睫毛拆下、把瀏海夾起、把瞳孔放大片拔離眼球的時候，鏡子裡面的這個人，妳認識嗎。

註：《Whip It！》的中文名字叫做《飆速青春》，故事在講一個德州小鎮裡的女孩，如何在封閉的民情中，藉由參加了女子滑輪競速的運動，進而面對自己、找到自己、接受自己的心路歷程。

推薦給所有的女生。特別是回到家後，還得要把假瞳孔拆下來的那些。

阿得推薦

從很小的時候，我就很懂得堅持自己的「品味」，雖然可能在周圍的人看起來其實是災難，但是我不知道為什麼，我從來都不曾對自己的品味懷疑過。（這不包括在工作中需要的裝扮，畢竟身為演員，還是得聽劇組造型師的搭配。）當然我也是經年累月的一路學、一路玩。一直到現在或許我的打扮與生活美學不見得是站在所謂「流行市場」裡最能被大家接受的那種，但是我必須要說，我很驕傲於這種不同。

電影裡女主角的裝扮簡直就是我的衣櫃，以致於看電影的過程我不斷的被同行的姊妹們嘲笑：「妳看，妳現在終於知道自己有多詭異了吧？」

這裡推薦三個能把自己搞得同樣「詭異」的地方，也是我長年來始終不變的最愛。

*懷舊復古二手店：舊金衫

我喜歡二手物品的原因，除了它們很真實的破爛質感之外，我其實還很喜歡那種「想像著它以前的主人是什麼樣子」的如此……曾被我媽大罵過「很變態」的心情。但這真的就是天生的，絕對不是故意要來弄個獨特感而硬要二手一下。我覺得

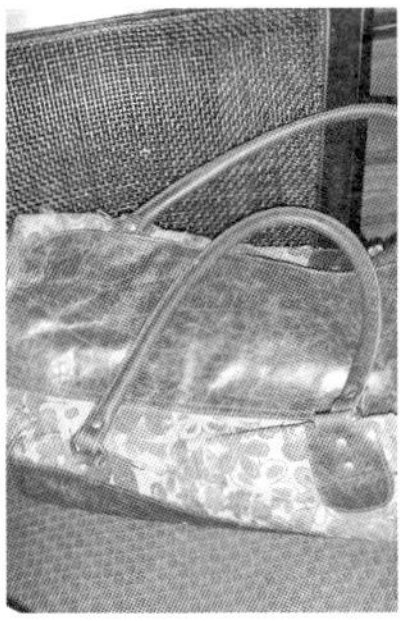

舊金衫二手洋裝與二手包。

完全沒接觸、甚至是時空皆不同的人與人之間，藉由共用的物品，延續著生命的感覺很浪漫。

但這裡比較是一般的二手衣物，應該還不至於到「古董」的程度，價錢也比古董平易近人許多。

＊精緻的陳舊質感網路商店：Soap

這裡的服飾與物品比起舊金衫的街頭風，稍微更成熟與精緻一些。有許多讚到爆炸的品牌復古包（可不是復刻版），以及很棒的飾品。當然價錢也就稍微高一些，但很值得，並且可以上網逛與購買，但如果買了之後很想趕快得到，也是可以打電話去詢問一下，通常可以接受到店取貨。

＊量身訂做會自然散發懷舊氣息的：figure 21手工包房

初次進到這間店，是因為要拍一隻貓。就像愛麗絲追著那隻兔子，結果來到了神祕的奇幻世界那般，這裡，後來也成為了我的祕密奇幻世界。

當時為了拍貓而踏進這間店，一時被店裡超美的皮以及氣味大大吸引，而訂製的藍包包，這麼多年來，愈用愈美。也不斷被問：這包哪裡買的？

後來才知道我追拍的那隻貓才是這裡的主人，而牠長得跟我家貓一模樣。是一隻黑白的，俗稱「賓士貓」的米克斯。

soap外觀。

再次去訂包，已經不見牠蹤影。而所有的包款已經放在網路上，現場已經看不到什麼實體的包包可以當作訂做的素材。

但我就是看中一個掛在角落的大包。

我硬要老闆幫我做一個一樣的，個性不容易妥協的他也硬要我再多揹一會，慎重考慮。

「裡面有貓毛，妳要小心。」他交代著。

一打開這個沒有拉鍊的大包，發現真的好多團貓毛。

「你拿這個包包來裝貓喔？」我看著椅子上正在睡覺的黑貓。嗯，一定不是裝牠，因為包包裡的毛是混著白色的。

「喔，對啊，之前帶貓去看病。」他神色稍稍黯然的說。

喔。

或許是這次來不見那隻黑白貓的原因。

我沒追問太多，

或許牠已經在天堂和我家那隻黑白貓作成朋友了喔。

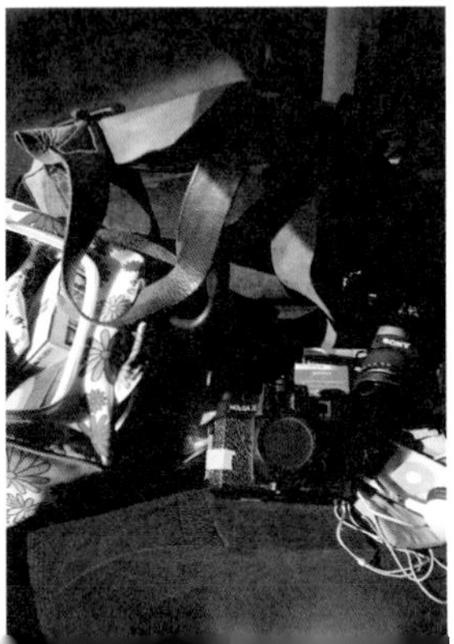

2figure21的包包。

巷間即景・08

淡水・北藝大・果陀・貓・與你

曾經在這個小小小小的劇場，
坐在台下看著他導戲的樣子。
沒想到今天我竟然站在上面，
演著果陀劇場的《淡水小鎮》。

不管是台上的戲碼或是台下的發生，
都才不過短短一年半左右的時間距。
但是一切都不一樣了。

台上台下皆然。

原來改變真的是那麼瞬間的事情。

《淡水小鎮》北藝大彩排現場。

我其實並沒有發現的太晚，
只是不願意去證實它罷了。

直到戲落幕，
才不得不承認自己的確比上一次的演出，
還要更確切的懂得劇本裡的每一句台詞。
這代表著我竟然已經到了比較懂得《淡水小鎮》的時候了。
（我到底是期待懂得的或是寧願不要懂得的？）

僅此一場的演出，沒有退路的決定
刺激感剛剛好足以讓人入戲的程度。

最後一幕我拿掉隱形眼鏡，
我不想讓自己看得太清楚。
這樣才可以，

好好・道別。

劇終，我演的艾茉莉說：再見。
再見了，淡水。
再見了，我們的小鎮。

再見。

我說，
今天真的在淡水，
跟淡水，
說了再見。

後記：

因為果陀劇場梁志民導演獲選為北藝大第一屆的傑出校友，所以他讓我們在他學校演出舞台劇《淡水小鎮》當作節目。

這次是他們25週年的校慶，演出的當時其實非常忐忑。因為畢竟在北藝大這個小小的劇場裡，坐在觀眾席中的可不是一般的觀眾呢。我知道的就有哪個教授，和又有哪個學者之類的。總之，每一個人都是抱著他們的專業在看著這場演出。

演出結束的時候，在劇場一向十分嚴肅的梁志民導演到後台給了我一個大大的擁抱與鼓勵。他在之後的日子，每提到這齣戲，都會說，我在這一場的演出最讓他感動。他不知道，當時的我在台上其實正在告別著什麼（笑）。

不過當然，也或許是真的在淡水，要告別著淡水的關係。

巷間即景・09

球館中的朱天心

今天陪他來打球，
怎知他竟遇到一大堆以前的球友，
又怎知這一堆的球友慶祝好久不見的方式竟不是好好地打一場球，
而是相約打起牌來了！

牌我一向看不懂也沒興趣看懂，
還好我隨身都會帶著書本以備不時之需。
「沒關係你看啊！」大家都不介意「書＝輸」的迷信，
既然是這樣，我當然也不跟你客氣啦！

只不過這下子才發現，
我目前的讀書進度正巧是朱天心呢！

我抱著朱天心的「未了」，進退兩難！
不看的話我這漫漫長夜要做什麼呢？

看的話……

我望著身旁的好幾個大男人，
個個興致勃勃要好好殺他一場的滿口「媽的……」「幹」「操」什麼的，
人人手上不是菸就是啤酒，
球館電視上緯來體育台在轉播著NBA，
卻是問誰都不知這正在打的兩隊誰是誰。

音響中播放的是「天國的嫁衣」電視原聲帶，
球道上滿滿的是染不完全的金色頭髮並且穿著垮褲的年輕男女……

這一切在球館的蒼白日光燈下顯得更是蒼白了。

於是，
我把我的朱天心好好地收著，

起身，
也去叫了罐台啤，
坐到那群打著牌的男人堆中，
看著看不懂的NBA。

不管怎麼樣，
我都不能對不起我的朱天心啊！

發呆的溫度

陰雨　綿　綿
綿綿綿　綿　綿　綿綿　雨雨雨　雨綿綿　綿綿

好幾天綿綿。

開始下雨的那天我本來要去的地方，
因為下雨而不想去。
想說，等雨停了再去吧，反正地又跑不了。
結果雨卻綿綿不停歇。

地．是跑不了．但我卻忘了要去的是哪
到底是哪呢．是有你在的地方嗎．還是你不在的地方呢？

我在25°C・喝著不加糖的冰Latte・看著空氣中的那些綿綿
陰雨綿綿・我的發呆也綿綿

在25°C發呆是件令人心安的事。
挑高的空間裡散落著各式各樣的・發呆的人，
大家各自選擇一個喜歡的姿勢，然後就不動・專心地發呆。
好像在這個國度裡，發呆就是唯一該做的事。

我不知道25°C的溫度是怎麼樣的，
或許・就是個適合發呆的溫度吧。

巷間即景・11

她給我的紫貝殼

當演唱會第一個屬於黃韻玲的音符落下，
當年那個躲在房間偷聽著她的我的樣子，
就一直出現在我腦子裡怎麼樣都揮不去。

想當年啊⋯
那個五年級的我，
抱著殘破的收音機，
躲在床上的大被子裡，
偷偷聽著《憂傷男孩》。
小小聲的看著歌詞跟著唱，
就怕爸爸又會突然衝進房間，
罵我「每天唱這些歌真是沒出息！」

一同前去聽「春暖花開」演唱會的朋友，
聽著歌突然問我：「啊！這首歌好熟喔！叫什麼名字？」，
我脫口而出：「我失去了你」後不禁失笑。
原來我還是無法擺脫小學五年級時的記憶，
想當年我也老是記不得這首歌名其實應該叫做《改變》。

想當年啊…
想當年邊聽著《結婚喜帖》邊暗戀著同班男生，
暗戀這件事變成了每天上學唯一的動力。
當年暗戀的男生面貌早已模糊，
但是這首歌我卻連那段法文口白都還會背。

想當年。

想當年每到聖誕節滿街播的《沒有你的聖誕節》，
多麼滿足了當年迷戀強說愁的我來徹底地強說愁。

我好愛的「紅樓」。

還有《三個人的晚餐》。
讓我足足想像期待許久，
關於或許有天會出現的，
屬於我的三個人的晚餐。
（不過好險至今沒有機會！）

當年聽著《心動》想念的是誰？
當年聽著《奶油早餐》期待的是什麼？
當年聽著《出發》而來到了現在的地方？
當年啊當年。
原來我已經到了有當年可以想的年紀了啊。

這麼這麼多年以後，
黃韻玲還是那記憶中那位「音樂精靈」（當時媒體給她的稱號）。
而她的《紫貝殼》，
還是聽得到與當年一模樣的，
海的聲音。

後記：「春暖花開」演唱會的最後，黃韻玲在安可時間開放點播。妹妹小小聲的說她想要聽《童年往事》。我還問她：「妳確定是她的歌嗎？」回家查了資料，才發現我竟然一看到歌詞，就會整首唱完：

童年往事

詞／曲：黃韻玲

「……模模糊糊的記憶　卻清楚的想到你
想到你的癡　你的情

時間慢慢地流逝　卻還惦記那段情
雖然早過去　不能留

偶而有時想起你　溫熱在心底
偶而有時想起你　會淚滿盈
將這份惦記能託風送出去　給不知在何方的你

時間慢慢地流逝　卻還惦記那段情
雖然早過去　不能留……」

巷間即景．12

如果

等下就是你的生日，我有記得。

不管怎樣我都要你在生日來臨時的第一秒鐘見到我。

在公路上，載著你的生日蛋糕及禮物飆著車的我，

開始編起韓國MV中最常出現的故事情節：

長髮清秀的女主角——（Sure that's me !!）

大雨——

夜晚——

名貴轎車——

向前衝——（不知道要去哪裡總之就是開得非常快）

突然發生車禍——（大部分是有另外一台名貴轎車橫向衝過來，然後那台肇事車上的人

都不會下車查看……）

如果……
如果我真的因為要去看你而發生了這樣的事情，
你會不會因此而愛我一輩子呢？
不管我死了或是癱了？

如果……
如果我真的因為要去看你而發生了這樣的事情，
我想，
我會因此而恨你一輩子，
不管我死了，或癱了。
不管你會不會愛我一輩子。

蔡燦得畫。

目的

這是一個本來不喜歡的地方，
後來卻變成我最常來的地方。

第一次來的時候純粹是因為這名字與門口那道破舊的白色木樓梯。
太喜歡花的圖樣及破舊感，
乍看之下這裡好像都有了，
於是便在一個等人的理由中選擇了它。

招呼我的是一個有著萬無一失的笑容與長相的甜妹。
但是偏偏我很害怕萬無一失這種東西，
所以剎那間就知道，這裡並不是外表看起來的那樣，與我同一國。

那天等了比想像中還要久的時間，
然後見了比想像中還要短的一面。
吃了一籃比想像中還要大的三明治，
也付了筆比想像中還要多的新台幣。
離開的時候都說了不會再來的，
結果下次又跟他約在這。

「好停車啊我！」上次撂了狠話太糗，
只好隨便搪塞個理由再度約在這見面。

我好停車，他家就在旁邊走路就會到，
甚至他有時帶著狗出來走就一定會經過這裡，
太好的理由了這。

事情的發展在幾百天之後變成了我還是常常來這
裡坐，
即使我已經完完全全不再跟他見面了。
他或許也早就搬離這附近了吧不然沒理由從沒經
過這。
每次寫東西寫累了望著身邊的大落地玻璃窗發著
呆時、
或是寫東西的中途望向路邊那台其實是紅線亂停
的車，
擔心著交通警察的神出鬼沒時也一次都沒瞧見他
身影。

不過當然也可能是我要不就正在專心放空，
或是搜尋的是警察的身影，

而他，正好專心在走路，
或是陪狗走路，
都不再是對方的目的了·我們。

我還是常常來，
因為這裡可以把車停在門口，
只要隨時注意警察有沒有來。
雖然這裡甚至沒有提供無線上網，
但光是好停車這一點就深得我心。
更何況這裡還有專為一個人設計的座位。
面牆的，
不用跟誰四目交接，
也不用對誰故做姿態。
我從來都只坐在這裡，
面對牆，而左手緊鄰著就是透著陽光的巨大落地
玻璃。
當著用餐時間滿室滿桌的交談笑語一個人也自在
的很。

我從來都只坐在這裡。
這個只適合一個人的座位。

即使是在幾百天前還在這等你的時候
是不是你看穿了這無意識中的警訊呢？
而我卻到今天才發覺。

那天為了你擦上的Anna Sui紫色霧面指甲油在還沒到達之前就已磨壞。
也還好後來你並沒有出現。
而這指甲油的暗示我也到現在才發覺。

人總是會因為一些旁旁節節的理由結果就選擇了，
到後來再回想起了才發現原來的目的早就已不在。

譬如當時其實是不喜歡這裡的，

譬如 Anna sui的指甲油其實很難乾的。
所以你給我的暗示到底是什麼呢
而我到今天都還沒有察覺。

hana窗外的景色，我的車停在前面。

C O P Y R I G H T

腳丫文化

K049

自由，可不寂寞

國家圖書館出版品預行編目資料

自由，可不寂寞 / 蔡燦得著. --第一版. --
臺北市 : 腳丫文化, 民99. 07
面 ; 公分. --(腳丫文化；K049)

ISBN 978-986-7637-58-1（平裝）

855 99010367

腳丫文化及文經社共同網址：
http://www.cosmax.com.tw/
或「博客來網路書店」查詢。

Printed in Taiwan

著作人：蔡燦得
社長：吳榮斌
企劃編輯：陳毓葳
美術設計：游萬國
出版者：腳丫文化出版事業有限公司

總社・編輯部
地址：104 台北市建國北路二段66號11樓之一
電話：（02）2517-6688
傳真：（02）2515-3368
E-mail：cosmax.pub@msa.hinet.net

業務部
地址：241 台北縣三重市光復路一段61巷27號11樓A
電話：（02）2278-3158・2278-2563
傳真：（02）2278-3168
E-mail：cosmax27@ms76.hinet.net
郵撥帳號：19768287 腳丫文化出版事業有限公司

國內總經銷：千富圖書有限公司（千淞・建中）
(02)8251-5886
新加坡總代理：Novum Organum Publishing House Pte Ltd
TEL：65-6462-6141
馬來西亞總代理：Novum Organum Publishing House(M)Sdn. Bhd.
TEL：603-9179-6333
印刷所：通南彩色印刷有限公司
法律顧問：鄭玉燦律師 (02)2915-5229

定價：新台幣 280 元
發行日：2010 年 7 月 第一版 第 1 刷

FORTE
我的自主式修護・來自專業的理性美學
新感覺保養品 時光瞬效系列
Quick Recovery Skin Healing Cream
FORTE
代言人 蔡燦得
芙緹美容諮詢專線:0800-211-168 網站www.FORTE.com.tw
北市衛粧廣字第99040421號